敬友録

「いい人」をやめると楽になる

曽野綾子

文庫本のためのまえがき

この本の表題を決めることになった時、私はつまりこの本は……「いい人をやめると楽になること」を書いているんだな、と思った。

こういう実感は簡単明瞭なのだが、自分がそれを承認するまでには、少し年月がかかるものなのかもしれない。

若い時には、人は多かれ少なかれつっぱっている。いい顔を見せたい。あんまりばかだと思われたくない。私はそれを向上心というのだろうと思って来たが、年を取るに従って、それも嘘《うそ》くさく思えて来た。

人はまず生きなければならない、ということを私はいつも感じて来た。私には子供の時、不幸な結婚生活をしていた母に自殺未遂をさせられそうな体験もあったから、今さら自殺するのは、芝居がかっていて嫌なのである。とするととにかく生きていなければならない。

日本では生きるということは、選択を伴《ともな》ったものである。しかし私は途上国を歩いているうちに、生きることには選択もできない場合が多いことを知った。夕飯に食べるものがなければ、人はどうするか。盗むか、乞食をする他はないのである。どちらもあまりいいことではない。しかし乞食をすることも盗みをすることも悪いとなると、国中貧しくて産業はなく、飢饉《ききん》に襲《おそ》われた土地ではどうして生きて行ったらいいのだ。

多くの土地では、いい人として生きることなどやめて、できることをして生きて行くほかはないのだ。

日本では、いい人の反対は悪い人だと多くの人が思っている。しかし現実には、いい人でも悪い人でもない中間の人が、人数として八割に達するだろう。私もまた、その中の一人、と思うとほっとして楽しくなる。

実はいい人の反対は悪い人、と思う図式は単純思考の現われである。日本人は勉強家で優秀な人が多いのに、考え方が幼児化するのは、黒か白かでものごとを片づけ、その中間の膨大な灰色のゾーンに人間性を見つけて心を惹《ひ》かれるということがないからかもしれない。

小説家志望だった若い頃、私は同人雑誌の仲間から「どんな複雑なことも、平明に書けなければならない。平明な表現は慎《つつし》みの一種である。分かりにくい表現が高級なことを書いている、と思うのは、大きな間違いで、それを悪文というのだ」と習った。

爾来《じらい》、その教えを胸に書いているが、今度この本に題をつける時も、その言葉を思い出してしまったような気がする。

二〇〇二年夏

曽野　綾子

まえがき

ここ数年、私はときどき居心地が悪いことがあった。

世間の多くの人が、人道主義を声高らかに唱《とな》えて大合唱をする。自然保護、原発反対、ダム反対、日本の戦争責任追及。

しかし私はほとんどどれにもはっきりした確信をもてない。私は畑が好きだから、たぶん自然愛好の心はあると思うのだが、同時にマラリアを防ぐためには、原生林を少なくとも自分の家の周囲では切らなきゃとうてい住めたもんじゃないのになぁ、などと考えている。

私は、自分がかなり狡《ずる》くてよくない人間なのだ、とますますはっきり自覚するようになった。

しかし、いい人をやめたのはかなり前からだ。理由は単純で、いい人をやっていると疲れることを知っていたからである。それに対して、悪い人だという評判は、容易にくつがえらないから安定がいい。いい人はちょっとそうでない面を見せるだけですぐ批判され、評価が変わり、棄《す》てられるからかわいそうだ。

　私の人生の残り時間ももう多くはないが、まだ書きたいものはある。それらのテーマを表わす作品の予定を整理していたら、内容はすべて人間の悪の姿だった。

　しかし私は悪を興味本位で書くのでもないのだ。印象派は、光が本来描けないものだから濃い陰を描いた。それと同じで、私たちの心を射る強い光を描写するためには、暗い陰を描かねばならない、というのが、私の小さな決意になった。

　かなり昔から発生していたそういう私の姿勢をしめす片々が、ここに集められている。

　いい人を続けるのに飽《あ》きるか疲れてしまった方に読んでいただければ、こんなに嬉しいことはない。作者冥利《みようり》に尽きるというものである。

一九九九年一月

曽野　綾子

目次

文庫本のためのまえがき……3
まえがき……6

1 人はみな、あるがままでいい……17
ベストを尽くすことがすべてではない……21
世間のものさしとの違いを恐れずにいく……27
葬式は家族の行事である……33
聞く相手を幸福にする愚痴とは……36

人を善悪だけで分別しない……41

2 性悪説のすすめ……45

幸せも不幸せも、その結果を人のせいにしない……49
「悪くて当然」から始まること……53
「私だけの恥」など存在しない……58
だらしがないことも一つの智恵……62
人をふくよかにする考えかた……65

3 失礼、非礼の領域とは……67

友情を守る生活術……70

人を困らせない作法とは……73
生きた言葉をしゃべらない人は退屈だ……76
〝親しき仲にも礼儀あり〟の真意……81
日本人らしい労《いたわ》り、気づかいのセンス……85
「もしも……」を常に想定することは義務である……92

4 「与える」ということ、「与えられる」ということ……95

友情の基本は尊敬である……97
平凡ほど偉大な幸福はない……99
「受けるよりは与えるほうが幸いである」……103
取り柄のないことが取り柄である……112

5 「いい人」をやめるつきあいかた……119

人はかならず誰かに好かれ、誰かに嫌われている……121
世間の「悪評」は願ってもないこと……125
誰にも負けないものを一つ持っていれば、あとは全部譲《ゆず》れる……131
最初がゼロであれば、プラス発想でつきあえる……135
どうにも仲よくなれなかった人たち……138
壊れても仕方がない、むしろ壊れたほうがいい関係……142
自分と同じであることを人に強要しないこと……144
お体裁からは何も生まれない……147

6 品性《ひと》が現われるとき……151

「人がしなくてもする」「人がしてもしない」が品位である……152
その人の肩書きに惑《まど》わされないこと……157
どんな人が権力主義者か……160
弱みを見せるつきあいかた……167
「許す」ということ……173
本物と偽物の見分けかた……178
贅沢《ぜいたく》な一生かどうかは愛のあるなしで決まる……181

7 代価を払ってこそ手に入る関係……187

楽しいだけの友情は成立しない……190

匿名《とくめい》は逃げの意思表示である……193
人は何を結婚の理由にしてもいい……198
人脈は人脈を使わなかったからこそできた……201

8 どうすれば他人の生き方が気にならないか……205

まず「自分があること」が肝心……207
自分が支配する分野には立ち入らせない……213
誰もがかならず大きな「仕事」を果たしている……216
人にはいろいろな理由がある……220
誰も恨まないで死ぬために……226

9 憎しみによって救われることもある……229
関心がなければ憎しみさえ抱かない……231
誠実と不誠実の配分……236
真実を告げるのに臆病であってはならない……240
10 人は誰の本心も本当はわからない……245
他人のプライバシーは「知らない」で通す……246
人になりかわって何かを言わないというルール……253
その人にとっての真実……255

11 愛から離れた親にならないために……259

不幸を知らなければ幸福もわからない……262
親だからといって押しつけてはならない……268
家庭でしか教えることのできない二つのこと……276

出典著作一覧……280

1

人はみな、あるがままでいい

私はほとんどの友人と何十年も付き合ってもらっているが、それは私が正しい人だからでもなく、気前がいいからでもない。口が悪くても、身勝手でも、ケチでも、せっかちでも、神経が荒っぽくても、家庭が歪《ゆが》んでいても、あの人はまああんなものよ、ということでおもしろがって付き合ってもらっているのである。人はお互いのやることを、むしろ笑い物にしながら、友情を保つ。ただその人の中に一点秀《ひい》でているところがあれば、そしてそれを見つける眼力がお互いにあれば、友情は続くのである。

秀でているところ、などと言うと、また世間はすぐ常識的なプラスの意味でしか考えない。しかし世間は複雑で、秀才でなく凡庸《ぼんよう》、協調でなく非協調、勤勉でなくずぼら、裕福でなく貧困、時には健康でなく病気すら、その人を創り上げる力を持つ。

「自分の顔、相手の顔」

人が「出社拒否症」や「帰宅拒否症」になるのは、簡単な理由からなのだ。

つまり原因は、ただただその人が勝手に持つことにした向上心のせいなのである。

向上心があるからこそ、職場では立派な業績を上げようと頑張り、家庭ではいい父親や知的な夫を演じようとする。だから職場は絶え間ない緊張の場所になり、家庭でも息が抜けずに疲労が重なることになる。

出世など考えず、人の侮辱も柳に風と受け流せば、職場も辛《つら》い所になりようがない。家に帰れば風呂に入って鼻歌を歌い、いそいそと飲んだくれて低俗といわれるテレビの番組を眺め、後は雄と雌になる時間を待てば、心は休まるはずであった。それができることこそ、才能というものなのである。あるいは、家に帰ってほんとうにうちこむ趣味道楽があれば、家は秘密の快楽の場所になる道理であった。

（中略）

無理してるんだなあ、と翔《しょう》は思うのであった。会社でも家でも無理をすれば、疲れて人間を失うのは当たり前である。嫌われたら嫌われていればいいのだ。無能だと判断されたら、無能な顔をしていればいいのだ。真実は、真実以上でも以下でもない。

「夢に殉ず（下）」

「（中略）ほんとに恨《うら》むほどの相手じゃないし、怒るほどの裏切りでもない、と思えれば、私は立ち直れるかもしれない、と思いました」

「それならよかったけど、その言葉どおりでもなさそうね」

香葉子は言った。

「ただ、悲しかっただけです。あんなに優しそうな人が、希望に燃えて私たちが新しい家庭を築くのを望んでくれてたみたいだったのに、それが全部その場限りの嘘《うそ》だったことが悲しかったんです」

「でもそれだから、あなたは帰って来れたんでしょう。彼が誠実な人で、やっぱり奥さんとは別れられないというのと、どっちがよかったの？」

「今は、そのほうがよかったと思います。だってそれなら、彼はいい人だったわけですから。でも彼はつまらない人だったんです。だから三日間、泣いていたんです」

「それはあなたが、自分に愛想を尽かして泣いたんだわ」

「そうですね。そうでした」

誠子はちょっと笑った。

「自分に愛想を尽かすと、少し楽にならない？」

香葉子が尋《たず》ねると誠子の視線が上がった。

「そうかもしれません」


「寂しさの極みの地」

ベストを尽くすことがすべてではない

「あなたが、どんな選択をしても、私はあなたの決めたことが一番よかったんだ、って支持する。そうすることが、もしその決定が違っていても、私もその間違いに、確実に手を貸したんだと思えることだから。

そうでなければ、今私はここであなたに説教するはずでしょう。こうしなさい、ああするのは間違いです、って。でもね、私は何も言わない。人間間違ってたって仕方がないのよ。ベストを尽くそうなんておやめなさい。賢く考えようなんてすると、疲れちゃうのよ、私は」

「飼猫ボタ子の生活と意見」


考えてみると、私はほとんど自分以外誰のこともよくは知らないのである。夫は私のことを少し知っているかもしれないが、それも外面からだけの部分もあるし、息子の家族とはもうずっと離れて暮らしているから、お互いに細かい歴史は知りようがない。そして自分も自分に対して嘘をつくこともあるから……正直なところ正確な記録などは本来この世にあるわけはない、という気がする。

自分の生きて来た証《あかし》をこの世に残したい、という人は最近多くなって来た。「何々さんちのおばあちゃん」というような呼び名でしか知られていなかった人が、ある日亡くなったとする。彼女がいつのまにか書き残していた墨絵や俳句や日記の断片が集められ、子供や孫たちに残される、ということはすばらしいことだと思う。普段は控えめであまり喜怒哀楽を示さなかったようなおばあちゃんが、何を喜び、何を悲しんで生きていたか、それを知ることは家族の歴史の大切な資料になる。

生前にすでに「有名」だった人でも、自分の存在を残すことには熱心な人のほうが多い。自分の銅像を建てたり、自分の名前を冠した賞や記念館や財団は世間の至るところにある。それが普通の感情なのだろう、とは思う。

しかしそれは、私の好みと少し違う。生きている間だけ、私は少し人より勝手なことをさせてもらった。おかしなことを考え、不思議な土地へ旅をし、しなくてもいいことをたくさんした。私の係の編集者も家族も迷惑したわけである。

しかし死んでまでまだ存在を誇示したい気分はまったくない。一人の人間が消えた区切りをできるだけ簡単につけるために、葬式くらいはしなければならないだろう。しかしその場合でも人を二回呼び集めることになりかねない通夜はせず、祭壇はできるだけ飾らず、すべての著作は私の死の段階で長年お世話になった感謝と共に絶版にするのがいい。生きている間こそ、私は猟犬が獲物を追う習性を持つように、書きたいという情熱にかられていた。それは何に似ているというって、酒飲みが酒を見ると喉《のど》が鳴るのと、本質的には同じような本能だったのではないか、と自己弁護している。

しかし死んだ後のことを私は何一つ望まない。死んだ後はきれいさっぱり忘れられるのがいいのである。長い間この世で「お騒がせ」して来たので、いい意味でも悪い意味でも「追悼号」などということを考えてくださる出版社が、どこか一社くらいはあるかもしれない。しかし追悼文などというものは、誰も書きたくないものではないか、と思う。第一、忙しい人の労力をそんなことで費《つい》やすのは私の望みではないし、雑誌のページを追悼のためなどに割《さ》くのももったいない。間違った記憶を頼って褒《ほ》められるのも貶《けな》されるのも、どちらも虚《むな》しいような気がする。

私の住んでいた家は壊して整地し、ビルか駐車場の用地に売ってしまう。そうすればそこには何も経緯を知らない人の、過去とはまったく切り離された新しい生活の営《いとな》みが始まる。私はむしろそれが見たい。初七日も一周忌も、生き残っている人には迷惑なだけだからする必要はまったくない。肉体が消えてなくなったのを機に、要するにぱたりと一切の存在が消えてなくなるようにしてほしい。考えてみると、人から忘れ去られる、というのはじつに祝福に満ちた爽《さわ》やかな結末である。地球上が銅像や記念館だらけになったら、それはむしろ荒廃を意味するからだ。

そんなふうに思えるのは、たぶんこれでも私の信仰のおかげだったのかな、と思う。よく祈り、神に忠実だったという記憶はほとんどないけれど、神はいないと否定した日もなかった。自分の行為を正確に覚えているのは、もちろん私でもなく、ましてや他人でもなく、神ただ一人ということを真理と思うよりほかない、と考えて来れたのである。神でなければ、人間の心の中はけっしてほんとうにはわからない。

私の好きなエルビス・プレスリーの聖歌に「神のみに知られた《ノウン・オンリー・トゥ・ヒム》」というのがあ

る。私たちがこの世で愛した人たちもいずれはすべて死ぬ。心を覗《のぞ》いていてくれたのは、神だけでいいのである。

「近ごろ好きな言葉」

働く妻を持つということは、つまり妻が家事を第一に考えないということである。しかしだからといって家中がめちゃめちゃになる、というものでもない。万事ほどほどにするのだ。掃除は手抜きを原則とするが、ある日家中に埃《ほこり》が舞って見ていられなくなったら慌《あわ》てて掃除をすればいい。子供に対しても完全とはほど遠い育て方をすることになるが、そのためにかえって子供が強くなるということもあるだろう。

つまり共働きの家庭は、そのあり方が常識的でなくていいのだ。世間から、その暮らし方を理解されなくてもほんとうはいっこうに構わないのである。その家族にとって、そのような暮らし方がベストではないにしろ、どうにか当事者の納得のいくものであれば、それでいいのである。そして後で当時を振り返り「いや、あの頃は無我夢中。ひどい生活でした」と言って笑えるようなら、大成功なのである。

必要なことは、夫が妻にも、結婚生活にも、理想を求めないことである。というか、むしろしかたなくそうなってしまったその家独特の生活の形態を、あるがままに受け入れる度量である。

理想どころか、平均値も求めないことだ。平均とか、普通とかいう表現は慎《つつ》ましいようでいて、じつは時々人を脅迫する。　　　　「悲しくて明るい場所」

世間のものさしとの違いを恐れずにいく

世間はえてして自分の知性を見せようとする人が多いが、彼の美点は、常に徹底して自分のノン・インテリぶりを隠さないところである。　　　　「讃美する旅人」

何よりも、その遺棄された嬰児《えいじ》が、健全な子供ではなかったことに、人々の話題は集中した。赤ん坊はサリドマイド児であった。

「かわいそうにね」

お母さんは台所をしながら光子に言った。

「腕くらいなくたって、楽しく暮らせるのにね」

「手が不自由だと、どれくらい困るのかね」

光子はそんなことを想像してみたこともなかった。

「ほとんど困らないだろうよ」

聞きようによっては、お母さんは同情心がないのではないかと思うような言い方をした。

「何がなくても、ほとんど人間は何とかやっていけるらしいよ。視力がなくても、耳が聞こえなくても、何とかやっていける。お母さんが東京に住んでた時、隣のうちの子が目が見えなかったけど、鬼ごっこだってゴム飛びだって一緒に遊んだよ。ぜんぜん労《いたわ》った覚えないものね」

「へえー」

「何がなくちゃだめだ、とか、誰がいなくちゃいけない、なんて思うのは、間違いなのよね。何がなくても、誰がいなくても、人間は何とかやって行くんだから。ことに自分がいなかったら大変、なんて思うのは大間違いね。そんなことを思うから、威張る人が出て来るの」

「アメリカの大統領が死んでも、困らないの？」

「すぐ副大統領が大統領になるようになっているでしょう」

「天皇陛下は？」

「皇太子さまがいらっしゃる。もちろん誰だってその人に対する懐かしさはあるよ。余人をもって替えがたい、という言葉があるでしょう」

「ヨジンて？」

「他の人。他の人じゃない、その人なんだ、っていう気持ちは誰にでもあるの。それは大切な気持ちだよね」

「赤ちゃんのお母さん、どうして殺しちゃったんだろうね」

「手がまともでなかったら、幸せになれない、と思ったんだろうね。その点、光子はよかったね。痣《あざ》があるから、この子は生かしておかなくていい、なんて思わずに、お母さんは育ててくれたんだものね。感謝しなくちゃ」

「でも捨てちゃったじゃないか。捨てた人にも感謝するの？」

「ああ、そうよ。捨てたっていうけど、そのほうがみっちゃんが幸せになるだろうと思って私に預けたんだと思うよ」

「そうだね。それは正しかったんだよね。私、お母さんの子でよかったし、それに、まだ、死んでたほうがよかった、って思ったことがないもの」

お母さんとそんなことを言いながら、光子は自分たち二人は、少し変な親子なんじゃないか、と思っていた。この土地の人たちは、重大なことはもっと遠回しに言う。こんなあからさまな表現はしない。その点、お母さんはケロリとして少しも隠さずにものを言う。何だか少し頭がおかしいみたいに思える時もある。しかしだからお母さんといると心が休まるのである。

「極北の光」

母が亡くなったのは土曜日の朝でしたが、私は世間には母の死を隠して、朝早く羽田から大阪に講演に発《た》ったのです。朱門《しゆもん》が、自分の家庭の都合で世間に迷惑をかけてはならない、という主義でしたので、私たちは世間の常識にはまったく従わなかったのです。

「湯布院の月」

私はこの頃、「あるがまま」ということの意味をしだいに大きく感じるようになって来た。私の友人にも、じつにいろいろな性格の人がいる。その多くは私の性格とかなり違っている。

たとえば、私はテレビに出るのが気億劫《きおっくう》である。パーティーに出ることと、写真を撮られることも、苦痛に近い辛《つら》さである。テニス、カラオケ、ゴルフ、麻雀など、人がすることはどれもせずに来てしまった。お金は大好きなのだが、お金を小まめに廻《まわ》すという操作がどうしても完全にできない。

しかし、ふと気がついてみると、私の友人には、けっこうテレビ人間だったり、彼女自身が望むと望まざるとにかかわらずパーティーのホステスを務めざるを得ない境遇にいたり、テニスとゴルフと麻雀の付き合いが多かったり、カラオケ愛好家だったりする。

しかしそれでも、私とその人との友情に支障がないのは、私たちがお互いに、「あるがまま」を許容して、相手の本質の部分を本気で批判したり、拒否したり、冒《おか》したりしないからだと思う。つまり私たちはお互いが一致する部分で付き合い、相手が不得意とする分野や体質的に合わない部分には、けっして相手を引きずり込まない、という礼儀を守って来たのである。彼女ばかりではない。私を許容してくれた友人の総《すべ》てが、例外なくそのルールに従っており、私もその爽やかな関係を保ちたいと考えて来たのである。

「悲しくて明るい場所」

葬式は家族の行事である

私の母と離婚して、二番目の奥さんと住んでいた私の父は別として、私は実母と夫の両親の三人と、一緒に住んだ。そして三人共、最期はいずれもうちで息を引き取った。様子がおかしい、と思い始めた時、私の心にも「入院させたほうがいいかな」という迷いが起きた瞬間はあるが、それをしなくて済んだのは、いいホーム・ドクターが近所におられたからであろう。

聖路加《せいるか》国際病院院長の日野原重明《ひのはらしげあき》先生の講演をいつか伺《うかが》ったことがある。私に充分な医学的知識がないので、先生のお話を正確に伝えられるかどうか心配なのだが、素人としてわかったことは、老年の最期にしてはいけないことが二つある、ということだった。

一つは点滴、一つは気管切開だという。点滴は、生体のバランスを失わせる。食べないなら食べないなりに、飲まないなら飲まないなりに、かなりひどい状態でも、何とかそこで辻褄《つじつま》を合わせて生きて行くようにする仕組みが人間にはあるのだが、それを強引に崩《くず》すのが点滴だという。

食べるという行為は、それができる限り、生体のメカニズムに自然に組みこまれる。しかし点滴をやると、「細胞が水浸しのようになって」（と私は記憶しているのだが、日野原先生はそんな表現はなさらなかったかもしれない）呼吸さえ苦しくなることがあるという。

気管切開は、最期の言葉を奪う。人間は死ぬまで、意思表示のできる状態でいなければならない、と先生はお話しになった。

この二つの点からだけいえば、三人の老人の最期は、まあよかったのである。彼らはまるでどこか南方の島の、未開な村の老人のように自然に死んだ。少しでも食べられそうなものを口にいれてもらうだけで、死の日にも、台所では、料理を作る鍋《なべ》の音がしていた。私は猫《ねこ》をどなっていた。初老の息子は、どたんばたんとたてつけの悪い戸の音をさせていた。すぐ傍《そば》を走る電車の音もやかましかった。そのような日常性の中で、彼らは息を引き取った。管《くだ》人間にもならず、三人共、老衰というべき最期であった。最初に亡くなった私の母が八十三歳、義母が八十九歳、義父が九十二歳であった。

三人の老い方と死に方を身近で見られたことは、私にとって最大の「役得」であった。親たちは、密かに静かに、自分らしく死んだ。彼らの望みで、私たちは、その死を世間にはひた隠しにした。

特別な人を除いて死は家族のものである。葬式は家族の行事である。ましてや長生きして、社会から引退していた人の死は、秘《ひそ》かに静かにあるのが、私は好きだ。しかし死の後始末は、その家の好みによっていかようにもすればいい。


「狸の幸福」


日本ではいい人はどこから見ても傷のない人であるべきなのだ。栄誉ある軍人墓地に葬《ほうむ》られる人は、終生正しい人でなければならない、という感覚を持っている。

しかしオクラホマシティのビル爆破犯人に関する新聞記事は明快であった。彼は戦場では勇敢に戦ったが、その後は「落ちた英雄」としてその名を留《とど》められればいいというのである。確かにアーリントン墓地にはさまざまな人が葬られているはずだ。妻を裏切った女たらし、手形詐欺をやった人、怠け者、非常識で自分勝手な学者など。しかし彼らは国のために戦った、あるいは戦わされた、ということだけでは一致しているから、そこに葬られる資格がある。

他人を全体的に理解することはほとんど不可能だ、という認識があると、社会や人生を、部分的に評価して、過不足ない現実を摑《つか》む。しかしその人の道徳性などで判断すると、人間の全体像はますますわからなくなる。「ほくそ笑む人々」

聞く相手を幸福にする愚痴とは

よくわからないが、うまく行かない相手とは何もムリをすることはない。どこでもいいから、ウマのあう会社を見つけてそこと仕事をすればいい。

私は一神教のカトリックのくせに、俗世のことは密かに「捨てる神あれば拾う神あり」と思うのが好きだった。これは多神教的思考形態である。すべての人に正当に理解されようと思うと無理が出る。たまたま気心が合う者同士で、どうにか何かをやっていけば、そのうちにメデタク終わりが来るのである。

「神さま、それをお望みですか」

以前から、国外に住んでいる日本人に、外国暮らしは不便なものですよ、という話を聞かされることがあった。私は長い期間外国に住んだことがないので、実感が薄い。ただ旅行者として、部分的に似たような体験をすることはあった。

東南アジアなどの一部の国を除いては、外国では、その国の宗教上の聖なる日には店が全部閉まってしまう。開きたくても、個人的に店を開けます、などと言えば、自分の不信仰を晒《さら》すことになるから言えないのである。

その他の日だって、ものを頼んでも、その時間どおりに職人が来ることはまずない。来てもどこかきちんと直したり取りつけたりできない。製品そのものの作りが精密でない。オーダーしたものは、何日も待たなければならない。せっかく来たと思ったら、間違ったものを持って来る。自分の扱っている機械をよくわかっていない。カタログにあっても実際には品物がない、などなど、文句の種は尽きないようである。

だから、人間、辛抱が第一だということになる。

私は日本人の中では、かなり性格がルーズなほうである。時間に遅れたこともよくある。借りたお金を（大金ではないと思うが）返すことをけろりと忘れてしまっていることもあるに違いない。額を吊るす時にどちらかが五ミリ下がったり上がったりしても、すぐ気がつくほうだが、たとえひん曲がっていても、それはそれで仕方がない、と考えていられる。

そういう態度は旅で学んだのである。相手がすぐ、こちらの思いどおりにしてくれる、などと期待すると始終怒っていなければならないから、すべてことは成り行きまかせ、と初めから思い諦《あきら》めたほうが、こちらの神経が疲れずに済む。

「近ごろ好きな言葉」

おもしろいことに、愚痴《ぐち》でさえ、表現が下手だとうんざりする話になるが、整理がいいと芸術になり得る。

人間には醜《みにく》い心があるから、他人の不運も時には楽しいのである。だから、自分が失敗した話、女房にやっつけられた話、自分の会社がどんなにろくでもない所かというような愚痴をこぼすことは、聞く相手にそこそこの幸福を与える。それを計算して喋《しゃべ》るのである。すると相手も、「まあまあ、そういうこともあるさ」と慰《なぐさ》めながら、「俺はそうでなくてよかった」と思うこともあるだろうし、「失敗するのは、俺だけじゃないんだな」と安心したりもするのである。

「自分の顔、相手の顔」

人生の半分を生きて、これから後半にさしかかると思うと、好きでないことには、もう関わっていたくない、とつくづく思う。それは善悪とも道徳とも、まったく別の思いであった。一分でも一時間でも、きれいなこと、感動できること、尊敬と驚きをもって見られること、そして何より好きなことに関わっていたい。人を、恐れたり、醜いと感じたり、時には蔑《さげす》みたくなるような思いで、自分の人生を使いたくはない。この風の中にいるように、いつも素直に、しなやかに、時間の経過の中に、深く怨《うら》むことなく、生きて行きたい。

「燃えさかる薪」

わざわざ誤解されることを望むわけではないが、どう思われても地位も名誉も持たない身分では失うものがないのだ。だから冤罪《えんざい》でも、憎悪でも、誤解でも、すべて自分の周囲に起きたことを、翔《しょう》は二十年前から、運命として「楽しむ」ことに決めたのであった。それが不当で不運に見えても、である。

「夢に殉ず（下）」

人を善悪だけで分別しない

私自身もそうでしたが、若い時は、自分の弱みをうまく見せられないのです。でも今は違います。もうこの世には、どんなことでもあり得ることを知っていますから。

友達をいい人か、悪い人か、に分けているうちはだめなのですね。いい人は多いのですが、すべてにおいていい人というのもないものです。悪い人もたまにはいますが、ほんとうに悪い人、というのもごく少数です。ただ趣味が合わない人がいて付き合えない場合もありますが、それは、相手が悪いのではなくて、生き方が違うだけのことです。

「聖書の中の友情論」

「今日はこんな不愉快なお話を聞いて頂くつもりなどまったくありませんでした。でもやはり、心の中に溜まっていた苦しい圧力がおかげさまで少し減りました」
「それでよろしいのよ。お辛い時は、酔っぱらうか、忘れるか、無責任になるか、じっと背をかがめて嵐の吹き過ぎるのを待つか、それしかありませんわ」
「そういうことをおっしゃってくださる方は、今までありませんでした。皆さん、ひたすらこの話を避けて通っておられました。それが労《いたわ》りだと思ってくださったんでしょうが」

「寂しさの極みの地」

努力家という人は、ほんとうは困った存在だと思う。怠け者を自覚している人は、自分にも他人にも会社にも社会にも負い目があるから、けっしていばらない。その結果、自分の本質と評判がかなり一致する。しかし努力家は、自分は正当なこと、立派なことをしていると思い込んでいるから、他人も自分と同じようにすること、他人が自分に感謝と称賛を送ることを、必ず心の中で要求している。

「自分の顔、相手の顔」

「でも皆さん、父を愛してくださっていることが、葬儀の間にわかって来ました。愚かで利己主義だった父を、それなりに愛してくださる方がお一人でもあったなんて、僕は、信じられなかったです」

安達はそこでふたたび言葉を失った。唇と頰が震え、数秒の間、彼は俯《うつむ》いて苦痛に耐えていたが、やがて、心を立て直したように静かな表情になった。

「僕は……やっと僕は、愛すべき父と、愚かな父とを分けて考えられるようになりました。その両方を、僕は息子として、同じように受け入れるべきだ、と」

「寂しさの極みの地」

「そのとおりですよ」

2

性悪説のすすめ

日本人の多くは、性善説である。そのほうがうるわしいことはわかり切っているのだが、私は自分の心を眺《なが》めて、昔から性悪説を取ることにしたのである。性善説のほうが一見安らかなように見えるが、そのグループは、裏切られた時、愕然《がくぜん》とするだろう。一方、私のように性悪説を取っていると、疑いが杞憂《きゆう》に終わることが多い。そしてその時、自分の性格の嫌らしさに苦しむことはあっても、いい人に会えてよかった、という喜びは多いのである。つまり性悪説のほうが結果的にはいつも深い自省と幸福を贈られるという皮肉である。

「悪と不純の楽しさ」

祖父は言っている。

「腹はどんな食物でも受け入れる。

しかし、ある食物は、他の食物に勝る。

舌が獲物の肉の味を見分けるように、

賢い心は、偽りの言葉を見分ける。
心のひねくれた人は悲しみの元、
しかし経験の豊かな人は、彼に報いる」

私はちょっと考えてから、祖父の書いた「分別」という語に、ギリシア語のシュネテーを当てた。じつにシュネテーという語も、言葉としてすばらしい実質的な強さを持っている。それは経験から端を発した知識を指す。観念ではないのだ。経験や体験を素直に受け入れ、しかもそれを判断し、理解する力全体を意味する。

最後の二行は、祖父の表現でも、少しもって廻《まわ》った言い方になっていた。それはこういうふうに解説的に言い換えることもできる。

「先手を打って、心のひねくれた人に仕返しをする。それが経験の豊かな人というものだ」

なるほどそういうものか、と思う。確かに不意打ちを食うように相手にやられてしまえば、憎しみが募《つの》るだろう。しかし自分が先に攻撃しておけば、こちらから相手を憎むということだけはなくなる。

祖父は深い憎しみを覚えるという機会を、この世で持たないようにさせたかったのだろう。

「アレキサンドリア」

腐りかけの果物、心が病んでいる人間は社会や周囲に往々にして迷惑をかけるが、しばしばすばらしい芳香も放つのである。もちろん常識的に言えば、果物は腐っていないほうが、人間は心が病んでいないほうが始末がいい。しかしその腐りかけの部分がないと、人生の芳香もない。それが、文科系の人間のものの考え方の特徴なのである。

「悲しくて明るい場所」

幸せも不幸せも、その結果を人のせいにしない

人は誰でも自分の生き方を自分で選ぶ他はなかった。もっともそれでも運というものがある。めちゃくちゃな生き方をしても、どうにか生きて行く人もあり、用心に用心を重ねていても、嘘のような事故に遭《あ》う人もいる。だから早苗も自分が生きたいように生きればいいのだ。その結果起きることを、人のせいにしなければいいのだ。でも今では、何でも人のせいにする人が多すぎる。旅館が悪い、病院が悪い、市のやり方が悪い、の連続だ。

いつから、とはっきり言うことはできないけれど、光子自身、もうずっと前から、最後の計算を放棄することにしている。人間の生涯には、計算外の部分がある。善人がひどい目に遇《あ》い、悪人がのうのうと裁かれもせずはびこる部分が少しは残されていないと、子供を捨てた自分など、どれほどひどい裁きを受けなければならないか、わからない、というものだ。もちろん人間は、悪人がいい思いをしたらおおいに不服を唱え、善人が不幸になったら、正義を掲《かか》げて叫べばいいの

だ。しかしそこにいささかの計算のずれがないと——この世はたぶん幼稚になってしまう。

「極北の光」

いつも言うことだけれど、私たちは人を尊敬する時にも深く感動して快楽を味わうが、時には人を侮蔑することでつまらない自信をつけ、精神の風通しをよくすることもある。つまりほんとうは人間というものは誰でも五十歩百歩なのだが、自分の中にある醜い情熱を人が代行してくれると、安心してその人を侮蔑することができる。そういう事件が起きると、だから人は大喜びするのである。

「地球の片隅の物語」

「ほどほどの悪」と共生して生きるという認識は、私の中で、非常に重大な意味を持つ。もし自分の中に「ほどほどの悪」の自覚がなければ、私は即座に人間を失うであろう。自分がかなりの人道主義者だなどと思ったら、その時から、誰もが腐臭を放つようになる。

社会の中にもほどほどの悪がないところは、むしろ巨大な腐敗に結びつく、という実例を、今世紀の後半にも私たちは嫌というほど見せられて来た。人民が毛《もう》沢東《たくとう》のおかげですべて幸福だと言い切っていた時代の中国は、言論を弾圧し、人民の思想の自由を奪った。日本では見られないほどの特権階級が、人民から浮き上がった権力をほしいままにしていた。

「ほどほどの」という形容詞がつく状態ほど、愛や許しを思わせるものはない。ほどほどの自信、ほどほどの貧乏あるいは豊かさ、ほどほどの挫折感、ほどほどの誠実、ほどほどの安定、ほどほどの嘘、ほどほどの悲しみ、ほどほどの嫌気、ほどほどの期待または諦め……すべて人間を深く、陰りのある、いい味と香のする存在にする。そのような人は、人間の分際を知った判断をするからである。

しかし現代には、そのほどほどの悪を自分にも他人にもけっして認めない自称ヒューマニストがいる。そういう人たちは、現代の日本で、人が享受するすべての便利を同じように受けながら、発電所の建設には反対し、日本のジャーナリズムで発言することで金を得ながら、紙の原料である森を切ることには反対だ、と言うのである。

生きるということは、これまたほどほどに人を困らせることでもある。ほどほどに大地を汚し、森を荒らし、水と空気を汚染し、ほどほどに他人の受ける便利や幸福の分け前を、力で収奪することである。その疚《やま》しさをほどほどに減らそうとする時、初めて人間は少し人のことを考える行動を取れる。

だから私は、生涯、ほどほどの悪いことをしてしまい、ほどほどのよいことができたらと願って暮らすのだろう、と思う。それ以外の生き方など考えられない。

「近ごろ好きな言葉」

「奥さまが、今日、ボーイ・フレンドと会っていらっしゃるのを放っておいていいんですか?」

「僕ね、禁じるのが好きじゃないんですよ。僕はほんとうに意地悪だから、禁じられたことほどすてきに見える、っていう心理を知っているんです。だから僕に不利なことは禁じない」

「夢に殉ず（上）」

冗談でも不真面目なことは許さない、という人もいるが、私は口だけなら、できるだけ不真面目でいたい、とずっと思って来た。そのほうが精神が健康になるのである。

「地球の片隅の物語」

「悪くて当然」から始まること

私はキリスト教のおかげで、人間が分裂した心でいることこそ、人間らしいのだ、ということを、比較的若い時からわかるようになった。キリスト教は性悪説だから、人間はそのままにしておけば、人間の尊厳を失うほどに堕落することも簡単だ、という話で聖書は満ちている。しかし信仰によって、あるいはその人に内蔵されている徳性によって、人間を超えた偉大な存在にもなれる、ということも、私たちはきっちりと教えられたのである。つまり分裂した心くらいなければ、人間ではない、ということである。

冷酷と暖かい心とは、どちらも、人間の能力を最大限に伸ばすのに役だつ。暖かい心で立ち直る時もあるし、誰も助けてくれない、と思い定めた時、私たちは思いがけない力を発揮することもある。だからどちらもないと私たちは生きていけない。

寛大についても、暖かい心で人を許す人もたくさんいる。しかし総じて私たちは誰も意地悪なのである。とすると、相手が自分の思いどおりにならない時、私たちはその人を苛《いじ》めるという手に出る。しかし少なくとも、相手が大して眼中になければ、相手の非や能なしぶりを責めることもない。冷酷は、そういう場合に救いをもたらす「下限の徳」であった。

冷酷がいい、などという発想は、かなり男性的なものであろう。兄弟のない私はそういう形で、「見場《みば》の悪い真理」の存在を教わったのであった。

「悲しくて明るい場所」

煙草は、最近はどこでも目の敵《かたき》ですが、それもどうかと思います。煙草を吸うことで、精神の解放を感じている人は多いでしょう。あの煙がなかったら、心が和《なご》まないのです。煙草のおかげで、人間関係をもっと深刻に考えさせられたり、今この一時《いっとき》の不幸を薄めたりしているのだと思う時があります。

それにこれは一般的な話ですが、いささかの悪の匂いのするものを、我が身に許していることを自覚している人というのは、誰でも感じのいい顔をしていますね。引け目というものは人間的なのでしょう。自分は一切悪いことはしていない、と思っている人より、私はどれだけ好きかしれません。

「ブリューゲルの家族」

いずれにせよ、正しく相手の言ったことを記憶するなどということ、正しくその時の状況を把握するなどということ、正しく他人の心理を理解するなどということは、ほとんど不可能と思ったほうがいい。

だから、俳優さんやタレントの、主としてお噂話《うわさばなし》を主体とした女性週刊誌などを熱心に読んで、「誰それさんは、こうなんですって」など架空の出来事に対して憤慨したり、喜んだりしている女性を見ると、私は女が男と同じ能力を持つことを示すためには、まずこの手のむだな情熱に時間を費やすことと、世間を簡単に信じるその善良さを追放しなければならない、と思いそうになる。ものの本質を見抜くこと、甘くない現実を認識することは、疑いの精神から発するのである。

「悲しくて明るい場所」

あれほど強く、現世はろくな所ではない、と思ったおかげで、私はその後、それよりははるかにましな世界を見た。すべてのものは比較の問題なのだ。私が拒絶的に冷たく考えていたよりもはるかに人の心は温かかった。ほとんどすべての人の中に驚くばかり多彩な才能が隠されていた。そして何よりも、悪いことばかり常に期待していると、運命はけっしてそのようにはならないのも皮肉だった。悪くて当然と思っていると、人生は思いの外《ほか》、いいことばかりである。しかし社会は平和で安全で正しいのが普通、と信じこんでいると、あらゆることに、人は不用心になり、よくて当たり前と感謝の念すら持たないようになり、自分以外の考え方を持つ人を想定する能力にも欠けて来る。それだけでなく、少しの齟齬《そご》にすぐ腹を立て、失望しなければならない。私はそのような残酷な思いを若い人にさせたくはないので、現世はどんなに惨憺《さんたん》たるところかということを、むしろ徹底して教えたい、と思ってしまうのである。

「二十一世紀への手紙」

「私だけの恥」など存在しない

表現したいものが見えて来ない理由には、さまざまなものがある。そのもっとも大きな理由は、自分をよく思われたい、という情熱である。もちろん自分を飾って、現実の自分より少しでも上等な人間に見せたい、という思いは誰にでもある。優しい、誠実な、頭のいい、できれば美人だとさえ見られたい、と私たちは願う。

しかし人間は、ある部分は隠せても、全部を隠しおおすことはできない。むしろ、自分の中にある醜い部分、嫌らしい部分をはっきりと意識して、そのことに悲しみを持つ時、自然、その人の精神は解放され、精神の姿勢もよくなる、と私は思うのである。

それに、この世で、私の身の上に初めて起こったというような恥はない。そんなふうに考えるのは、むしろしょった行為である。私が苦しんでいるような恥は、もう、この地球上で、数万、数十万人の人が苦しんだことなのだ。

片隅に生きていれば、少々の悪癖も問題にならないことが多い。女癖の悪い人が、総理大臣になったら、その性癖は世界的な恥として知られてしまう。しかし片隅に生きていれば何でもないのだ。すぐ女に手を出す亭主は、女房と喧嘩《けんか》していればそれで済むことなのだ。賭事の好きな人が、学校の先生だったり裁判官だったりすると、これはたちどころに批判の対象になる。しかし片隅に生きていれば、どうということはない。親類から少し冷たい眼で見られたり、娘と息子から愛想づかしをされるくらいで済む。

片隅に生きるということはほんとうにすばらしいことなのだ。悪の影響は薄まり、思い上がるということなく済み、かつ、基本的な自由を謳歌《おうか》できる。自由のない生活など、人間の基本的な幸福さえ拒否されているということだ。そのような職業（例えば政治家）に就きたがる人の気持ちが私にはどうしてもわからない。ささやかな悪行が、ささやかにできる場所にいないと、人間は囚人になってしまう。

「地球の片隅の物語」

私たちにとって運命とか実感とかいったものは、すべて自分が中心なのである。自分が感じない痛みはないに等しい。自分が受けなかった運命は、お話としか感じられない。世の中には常に死や、危険や、損失や、病気や、不快感などといったものがあるが、悪い籤《くじ》を引きさえしなければ、それは自分に回って来ないのだから、気にすることはない、という姿勢が一般的である。

それどころか、しばしば人間は、悪い運が、自分ではなく、人のところに行ったということに、密かな安堵《あんど》や幸福感さえ覚えるのである。

(中略)

最悪の人間関係は、お互いに人の苦しみには関心がなくて、自分の関心にだけ人は注目すべきだと感じることである。反対に、最高の人間関係は、自分の苦しみや悲しみは、できるだけ静かに自分で耐え、何も言わない人の悲しみと苦労を無言のうちに深く察することができる人同士が付き合うことである。

（中略）

人間には、正当な上下関係があるべきである。

およそあらゆる人間の上下関係は仮初《かりそ》めのものである。だから、そんなものは本来、本気になって信じなくていいことなのである。

（中略）

その時々において、人間は、気楽に楽しんで、上下関係を承認できるくらいの「大人気《おとなげ》」がありたい。なぜなら、間違った平等意識こそ紛争のもとだからである。というのは、完全な平等ということは、神の前以外、いかなる動物社会にもないことなのである。

（中略）

勝気で、他人が少しでも自分より秀でていることを許せない人は、自分の足場を持たない人である。だからいちいち自分と他人を比べて、少しでも相手の優位を認めない、という頑《かたく》なな姿勢を取ることになる。

人間は誰でも、自分の専門の分野を持つことである。小さなことでいい。自分はそれによって、社会に貢献できるという実感と自信と楽しさを持つことだ。

そうすれば、不正確で取るに足らない人間社会の順位など、気にならなくなる。威張ることもしなくなるし、完全な平等などという幼稚な要求を本気になって口にすることもなくなる。

「二十一世紀への手紙」

だらしがないことも一つの智恵

個人でも国家でも、生きるということは大変だ。そのためには、少々の悪もなす、ということを、皆暗黙のうちに承認するほかはない。(中略) 切羽詰まれば、普通の人間は何でもやる。飢えるようになれば、かっぱらいでも喧嘩でも盗みでも人殺しでも平気になる。人間の中には、計算機のようなものが組み込まれていて、自分の生が脅《おびや》かされるようになると、他の生命に対する評価も軽くなって来るのではないかとさえ私は思う時がある。この卑怯さは、人間の特性としてけっして表だってその存在を承認できるものではないが、大人は皆その存在を認めている。致し方ないと悲しく思っている。

「悪と不純の楽しさ」

私も昔不眠症をやった。私の場合は、よく寝て、頭をクリヤーにしておかなければ、いい作品が書けない、という一種の幼稚な責任感からであった。

しかし今はまったくそうは思わない。寝不足で朦朧《もうろう》とした頭で書いたものでも、小説は小説だ。そんなものを編集部に手渡すことはもちろんいいことではないのだが、人間はいいことだけをして生きているわけではない。それどころか、いい加減にその場その場でお茶を濁してこそ、生きていけるのだ。それがわかれば、時には知らん顔して駄作を編集部に渡すくらいの小さなサギは、して当然というものだろう。むしろこうした自分の姿が明瞭に見えるくらいのほうが、重厚な小説が書けるというものである。

「七歳のパイロット」

当時から私は、適当にだらしがないことは、一つの大切な知恵だと感じていた。私の育った家が不和だったのは、父が厳密な性格だからであった。父は今日すべきことはきちんとやることを信条としていて、それをさぼる意図のある人も、結果的にさぼることになる人間たちもけっして許さなかった。父はむしろ律儀な人だったというべきだろう。しかし私は律儀であることの恐ろしさばかり身にしみていた。だから私は、「明日できることは今日しない」ことで自分に引け目を感じ、他人に対して寛大な人になりたいと考えていた。

「神さま、それをお望みですか」

人をふくよかにする考えかた

私は、他からおしつけられたのではない限り、社会と他人のために損になることができるような人になりたいと思って来たのだ。しかしそう望んでも、私の狡《ずる》さはけっして自分を犠牲にしようとはしない。

加害者になるつもりはないけれど、人間は生きているだけで加害者になっている、ということがどれほど多いことか。「私はあんたがいるというだけで不愉快なんだよ」と嫁に言ったという姑《しゅうとめ》の言葉ほど、それを庶民のレベルで素直に物語るものはない。その現状を見抜いて、自分が生きていることに対するうしろめたさを常に持つことだ。うしろめたいからといって、申しわけないから、自殺するわけにもいかないのだが、このうしろめたさというものが、人間をふくよかなものにするだろう。加害者になることを防ぐことができる、と思うだけで思い上がりだ、と私は思って来たのだ。

（「週刊ポスト」98.3.27 昼寝するお化け）

「おせっかいばかりする、嫌な人もいますけどね」
「私くらいの年になると、他人なら、嫌な人でも平気になって来るのよ。おもしろい人に会えてよかったと思えるのよ」

「寂しさの極みの地」

私はものの考え方は不純がいいと思う。むしろ小さなことでは不純を許すほうがいいと思う。人間には、自分を疚《やま》しく思う部分が必要だ。自分は正しいことしかしてこなかった、と思うような人になったら、周りの者が迷惑する。自分の内面の美学や哲学には不純であってはならないけれど、生きて行くための方途については誰も理想どおりにはやっていないのだから、その誤差をおおらかに許せる人のほうが好きなのである。

「悲しくて明るい場所」

3

失礼、非礼の領域とは

友情に関しても、自分がまだ相手をほんとうに知ってはいないと思うこと。これが友情の基本だという気がします。どんな親しい友人であれ、自分はあの人を知っていると思うことじたいが恐ろしいことですし、非礼でもあるのです。

「聖書の中の友情論」

親しい友達に出すのは別として、私は少しむずかしいニュアンスを含んだ手紙は、書いたその日のうちには出さないようにしている。ことにいっきに書いた手紙などというものは、ラヴ・レターだろうが、窮状を訴える手紙だろうが、抗議の手紙だろうが、感情がもろに出て居すぎて、危なくてしかたがないから、やはり一定の時間をおいて、よく読み直してから出すのである。すると必ず細かい部分でもう少し柔らかく、とか、この文章はどうも自信ありげでいけない、とかさまざまな傷が見えて来る。それをていねいに修正する時間を取らなければならない。

軽佻浮薄《けいちょうふはく》にものを言っているという姿勢がはっきりしている場合なら、どんなばかなことを言ってもいい。しかしそれ以外の場所で、私は自分の言動に自信のあるようなことを言うのが好きではなかった。断定すると、後で困ったことになるからであった。

「悲しくて明るい場所」

しかし結婚というシェルターみたいなものの存在を充分に利用しながら、浮気という禁断の木の実もおいしい、というような甘えた男女が私はどうも好きになれない。夫以外の男との浮気はどうして心を震わすのだろう、などと聞くと、そんなことにしか心が震えないんですか、と聞き返したくなる。ささやかな人間関係の信頼に応えない人生は、基本のところですばらしくもないし、ドラマチックでもないのである。

「自分の顔、相手の顔」

友情を守る生活術

私はいつも親切な人になりたいと思っていました。しかし、時に、親切は人を煩《わずら》わしい思いにさせる、というような自覚もあって、私はいつも中途半端《はんぱ》な表現を取ってきました。それを恥ずかしいと思っています。

私は善意を意識的に遠ざけるような生活もしました。生まれつき根性が悪い上、人を見抜くには、悪意も役に立つように思ったからです。作家になったということは、私が善意をもって人を見ることがしばしばできなかったということに対する、告白のようなものです。

私は誠実にも深く憧《あこが》れていました。しかし私はいつも効率を考え、相手の心を計算し、別の人の顔色を見て、ご機嫌《きげん》とりに何かをするというのではないのですが、誠実だって人を困らせることもあるのだし、第一、できれば手を抜いて楽にやるのが人生のこつなのだ、と考える狡《ずる》さを持っていたのです。

柔和は、私の生涯《しょうがい》の憧れでした。この頃しきりに（冗談にですが）人のワル

クチを言い、

「一言でどれだけ相手を傷つけられるかが、腕の見せどころで……」

などと言っているのは、つまり、自分に柔和さが人一倍欠けているという自覚をゴマカスためです。

節制は、多くを望まないことです。私はこの点に関してだけは、一部だけはうまくやることができます。それは、子供の頃から、この世は惨憺《さんたん》たるところだという実感と共に生きて来たからです。だから、私はいつも諦《あきら》めることを学んで来たのです。しかしほかの節制はだめですね。おいしいものが目の前にあると、浅ましいほど食べてしまいますし、辛《つら》いことは何とか明日にしようと画策していますし……。

友情は、これらのもののどれか一つでも完全に守れれば続くはずのものでしょう。友がどんなことをしても、あの人には何かそういうことをする理由があったのだろう、と、誠実に、善意に満ちて、親切に、寛容に考えてあげられれば、いつか必ずその疑問は解けると思うのです。

また、相手に対して愛と喜びに溢《あふ》れ、平安と柔和と節制のある態度で接すれば、相手が怒ることもあり得ません。

「聖書の中の友情論」

私の実感では、人はどうも自分の職場を愛さないほうがいい、ような気がする。職場を愛しすぎると、余計な人事に口出ししたり、やめた後も何かとかつての職場に影響力を持ちたがったり、人に迷惑をかけるようなことをする。

それでは誰でも現在いる職場では時間の切り売りをして、お茶を濁していればいいかというとけっしてそうではない。私は西欧人の、おそらくは主にキリスト教的な姿勢からくる「契約の思想」みたいなものが好きで、大人の判断で契約して働く場所を決めたら、その間だけは職場に忠実であるべきだと考えている。

「自分の顔、相手の顔」

人を困らせない作法とは

世間をお騒がせして申しわけない、という言葉は、時々聞くのだが、私にはよくわからない。私たちは生きている以上、なんらかの形で他人を「お騒がせ」しているし、日本人がそれほど常に静謐《せいひつ》を愛しているとは思われない。日本人は一般に公共の場所で喋《しゃべ》る時、ひどく声が大きいし、行楽地にでも行こうものなら、あちこちで大きな拡声器で音楽を鳴らす。「お騒がせ」するのが申しわけないなら、まずああいう不作法から止めてもらいたいものだ。

自分が人を「お騒がせ」したと謝るのは、事故や汚職や会社の不祥事をその責任者が謝罪する場合に多い。しかしそんな時には別に「お騒がせ」したと謝る必要はないのだ。その事件によって本当に迷惑・実害を被《こうむ》っている人たちは「お騒がせ」していて申しわけない、くらいの言葉で許す気もないだろうし、世間は、じつは怒りよりも、そのことで退屈を紛《まぎ》らしてもらって、ずいぶんと意識下では喜新聞に投書などが出るのでいかにもそのことに怒っているようには見えるが、じんでいる人のほうが多いと思う。私のこの文章を見て怒る人ほどそうなのだ。私は汚職や贈収賄や背任横領の記事など、ほとんど新聞でも読まないので、別にそのことを騒がしいと思ったことがない。それより霞《かすみ》が関《せき》近辺の右翼左翼の宣伝カーのほうが十倍も百倍も「お騒がせ」している、と感じているから単純なものだ。

日本には、宗教などというものは迷信と同じだから持たないという人も多いのだが、その割には道徳にはこだわる。というよりもっと正確に言うと、人に知られる場合だけ、道徳的であらねばならない、と思っている。「狸の幸福」

人に印象なんか聞くものではない。すぐ返ってくるのはお世辞だけだ。それに、よそものにその土地の魅力なんか簡単にわかるわけがない。褒めたとしたら、その土地の持つ毒を知らないからだし、反対にその土地に悪い印象を抱いたとしても、普通の外来者はけっしてそんなことを口にしない。

人の考えを憶測したりするのは無礼というものだ。

「自分の顔、相手の顔」

「神さま、それをお望みですか」

皆が平等に、いっしょに、という発想は不可能なことだ、と私は思っている。人間にはお互いに馴染《なじ》めない生き方や考え方をする人というものがある。しかしだからといって相手が邪魔なのではない。お互いに侵さず侵されず、相手の生活をきっちりと幸福に守らなければならない。

「悪と不純の楽しさ」

人に会っていて、時々、「あ、この人は健康でないのではないか」と思う時がある。私自身も健康か不健康かがもろに顔に出るたちらしく深く反省することが多い。少しくらい気分が悪くたってにこやかな顔をしていられればいいのに、それができない弱い性格は、早めに休んだほうが人を困らせないで済む。

「自分の顔、相手の顔」

生きた言葉をしゃべらない人は退屈だ

言葉遣《づか》いに戦々恐々としているのは、人道的な立場からそうしているのではなく、そうしていさえすれば人道的になれると信じているからである。私の思い過ごしかもしれないが、言葉に用心している人はおおむね冷たい。その人は、失言をねじこまれないことと、めんどう臭い人とは関わりになりたくない、という情熱しか持っていないからである。

私は、親しき仲にも礼儀あり、という言葉が好きで、いつも不作法になりそうな自分にそう言い聞かせている。そうでもしないと、もっと態度が悪くなり、キラワレルぞ、という感じである。だが一方で、言葉にいつもひりひりするほど気をつけていなければならない間柄などというものは、それだけで対等ではない。したがって友情などできるわけがない、と思う。

人間は、冗談も言えなければならない。ことにすべての人の存在が必ずこの人生をおもしろくしているという実感さえあれば、基本的に相手を拒否するような行動にでられるわけがない。私たちは平等ではないが、対等である。しかし失言を捉《とら》えてすぐ文句をつけたり、慰謝料を請求したり、さらには訴えたりされると、私ならすぐ、つき合うのが嫌になってしまう。そういう場合には謝りもするし、それ以上論争もしないが、とても対等な人間関係を続ける気にはならない。

世の中には、対等に見られるのが嫌いで、自分はいつも一段相手より上でなければ気がすまないと感じる人や、すぐに僻《ひが》んで相手は自分をばかにしていると思う人とがいるが、どちらも私には重荷である。何より爽やかでおもしろいのは、お互いにいささかの欠点はあるが、あくまで対等と信じこんでいる関係である。

表現を過不足なく理解するには、常識と成熟した心がいる。それが欠けているから、言葉尻を捉《とら》えての論争になってしまう。

「悪と不純の楽しさ」

人は他人の罪の許しを求めることも（優しい感情としては神に願うが）、自分の罪を他人に許してもらうように代理を頼むこともできない。そんないい加減なことは、私のいい加減な信仰でも考えられないことだ。そこでどうしてもそれをしたければ、何十年後であろうとナチスの暴虐を追及するように、かつての日本で、直接そのような命令を下した人、命令を実行した人を、法廷の場に引きずり出して裁《さば》く他はない。

心から自分の罪だ、と思っていない人が謝るとしたら、それはそれだけで侮辱的な不誠実な行為であり、そんなものはけっして謝ったとみなされないどころか、むしろ口先だけ簡単に謝ってみせる誠意のない人間の証拠として、国際社会からあらためて嫌悪されるだろう。

「悪と不純の楽しさ」

沈黙の習慣には、いくつかのいい点がある。

それはまず、人の話をよく聞くという習慣と礼儀を身につけることになる。授業中に生徒や学生が私語をするのを許すなどというのは、教育の基本ができていない。どんなに退屈でも、生徒は先生の授業をがまんして聴《き》くくらいの忍耐心を持つ訓練をすべきだし、学生は自分がその授業を選択して取ったのだから、その責任においても黙って聴くべきである。我慢するのもむずかしいほど退屈な授業なら、喋《しゃべ》らずに出席しないことだろう。単位が欲しいので、お喋りしながらそのクラスにいるというのは「キタナイ」やり方である。私が教師だったら、私語する生徒や学生はクラスから放り出すだろう、と思う。

沈黙はまた人に対する労《いたわ》りの行動である。皆が喋ったら、騒音がひどくなる、という配慮のもとに、静寂を保つために自分は喋らないのである。

「悲しくて明るい場所」

前々から私は、お金に添えられた私信の中で、ぜひ覚えていたい、と思うことを記録するようにしていた。この種の手紙は、宝物のようなものであった。私は生まれつき強度の近視だったから、人の顔をほとんど覚えられない。それは手術によって視力を回復した今も同じである。私の中で人の顔を見て記憶するという能力は、生まれてこの方まったく開発されたことがなかったからなのだ。

しかし私は、その人の存在を覚えないのではなかった。私は、小説家だから、その人の小さな喜びや悲しみを覚えることにかけては、時にはいいセンサーを持っていると思うこともあった。しかし千人を越すとなると、覚えたつもりでも人違いをしないという自信はないから、ちょっと記録しておくほうがいいと思ったのである。

「神さま、それをお望みですか」

"親しき仲にも礼儀あり"の真意

親しき仲にも礼儀あり、というのは、友達同士の関係をいっているのだろうと昔は思っていたが、今では夫婦・親子の間で必要なことなのだ、と思うようになった。

私たちはたぶん一生、誰にも甘えて不作法をしてはいけないのである。そんなこと疲れるでしょう、と言う人もいるが、むしろきりりっと気分を張り詰めて、配偶者にも成長した子供にも、立ち入りすぎた非礼をなさない、と決心するほうがかえって楽なのかもしれない。「自分の顔、相手の顔」

多くの国では、自分勝手な沈黙は失礼なのである。黙々と食べ物だけ食べるというのは、動物のすること、というのが、文化を持つ国の考え方であり、私もまた実感をもってそう思う。空腹を満たす、ということは、最低のことであって、人間の食事はそれに社会的な付加価値を持たせたものなのである。

「二十一世紀への手紙」

車椅子の人と外国を旅行していると、教会の階段の所などで、突如としてどこからともなく助っ人が現われることがある。そういう時も日本人はえてして「いいえ、けっこうです。大丈夫です」と断わったりする。しかしこの場合、断わるのは失礼なのだ。相手にも人助けをする機会を分かつのが礼儀なのである。

「自分の顔、相手の顔」

体の悪い高齢者を働かすのは気の毒だが、体の健康な老年に働いてもらうのは少しも悪くない。年をとったら、遊びの旅行をしたり、のんびり友達とつき合ったりするのが当然で、働けなどというのはもってのほかだと考える人にも認識を改めてもらわねばならない。状況の変わるのが人生というものだろう。今はそう考えねばならない社会情勢に変わって来たのだ。青年だろうが老年だろうが、社会の変化の波を受け、それに対応しなければならない、という基本原則に変わりはない。

人間は、その人の体力に合う範囲で、働くことと遊ぶことと学ぶことを、バランスよく、死ぬまで続けるべきなので、もうアメリカ式の引退《リタイア》したら遊んで暮らす、という発想は時代遅れだと思う。そして当然のことだが、できればただ自分が生きるため以上の働き、つまり人の分も生産する働き、をしたほうがいいと思う。

（中略）

老人に「年に甘えないで、もっと働いてください」と言うと、怒る人だけでなく、喜ぶ人もけっこういそうである。それが老人の健康の度合いを計るバロメーターになりそうだ。

「ほくそ笑む人々」

「今会って、君が好きだということがよくわかったんだよ。僕はやっぱりお袋の言いなりになって妥協すべきじゃなかったんだ」

「そんなことはないわ。あなたの選択は、とても常識があって間違ってなかったと思うわ」

光子はそう言ってから、小声で付け加えた。

「でも、ほんとうにそう言っていただいて、ありがとうございました。ありがとう、なんて言葉で言えないくらい嬉しいわ。ほんとにお会いしに来てよかった。私、人を追いかけることだけはしないつもりだったの。だって追いかける、ってことは、ご迷惑なことだから。亡くなったお母さんがよく言ってたの。いいことを特にしなくていいから、ご迷惑になることだけはしないようにしなさい、って。その言葉が今でも耳元でがんがん鳴り響いているのよ」

「極北の光」

日本人らしい労《いたわ》り、気づかいのセンス

私の小さい頃、母たちの世代はよく遠慮したものだった。今では遠慮するなどということがないから、もうどういう時に遠慮をするものかさえ、わからなくなっている世代も多いだろう、と思う。昔の遠慮でもっとも多かったものは、「お邪魔《じゃま》（ご面倒）になるといけないから」というものだった。しかし今では、誰でも、「それをする権利がある」と言う。理由はさまざまだ。こちらは病気なのだから、年を取っているのだから、初めてだから、一生に一度だから、それをする権利がある、というふうに言う。

基本は確かにそうである。しかしそれとなく、人にあまり面倒をかけず、邪魔をしないように配慮するということは、日本人に独特の能力で、それはやはり一種のみごとな精神性の表現だったような気がする。「自分の顔、相手の顔」

外国では、せめて語学が達者で、おしゃべりをさせれば知的な会話に参加でき、自分自身の人生をしっかり歩いて来たという風格を持っていれば、太っていて美人でなくても、いささか年をとっていても、小柄でやせていて貧乏風の服装をしていても、皆注目する。しかし黙っている人は、何より内容空疎なつまらない人と思われる。

「ほくそ笑む人々」

色気というと、日本人の多くは、セックスの話をすることだと思っている。それほど日本人はその点について教養も貧弱なら、教育も悪いのである。色気の基本は、相手に関心がありますよ、という気持ちであり、それを態度で示すことである。現実にはそうでなくても、男も女も礼儀として、相手に関心がありますよ、と言い続けなければならない。関心ということは、これまたセックスの問題ではない。「あなたとお話をすることは楽しいことです」ということなのである。実際には、お話をして楽しい相手ばかりでないことはわかり切っている。しかし少なくともキリスト教の愛は、心からそうでなくても優しく振る舞うことだと規定しているのだから、少しも構わないのである。「自分の顔、相手の顔」

人間の礼儀というものは、相手がどう思うかわからないことに関しては、大多数が常識としているやり方に従うということになっている。それ以外に相手に失礼なことをしない方法がないからだ。「ほくそ笑む人々」

私もあなたも東京に生まれました。

東京人は、故郷がないなどといわれますが、ほんとうの土着の東京人は、言葉だって昔の人は立派に訛《なまり》もありましたから、私は「東京土人」とか「東京原人」とか呼んでいたものです。

その土人たちのお話です。私も土人の一人のくせに知らなかった話です。

東京の浅草《あさくさ》出身の人が言ったことだそうですが、彼らは、たとえば近所のお蕎《そ》麦《ば》屋へ行って、暖簾《のれん》をくぐる瞬間、もし知人の顔が見えたら、その店へは入らないんだそうです。それから、町を歩いていて知人に会っても、けっして声をかけない。眼《め》を合わせて知らん顔をするんじゃなくて、気がつかないふりをして、すうっと行き過ぎる……なぜそんなことをするかといえば、全部労《いたわ》りなのです。いらないことで人の心に立ち入るもんじゃない、というのが、東京原人の礼儀なのです。あの男がなんで蕎麦屋に来ていたのか、なぜあの道を歩いていたかは、誰も知らなくていい理由の結果です。しかし蕎麦屋の中でばったり顔を合わせでもしようものなら、相手はどうしてこういうところへ自分が食事をしにきているか話さなければならなくなる。だから、お互いに眼を合わさないうちに先に気がついた者のほうが避けて通ってあげるのだそうです。

いい光景ですね。招かれもしないのにずかずかと人の家に上がりこんだり、人の生活の都合も考えず、ちょっとお立ち寄りすることが礼儀の現われだと思っている人と較《くら》べたら、どんなに優しさに満ちているかしれません。このセンスこそが都会のすばらしさなのです。

「聖書の中の友情論」

我々が他人の言葉を記憶したという自信ほど、当てにならないものはない。それは微妙にニュアンスが違って記憶され、その言葉を口にした人が驚くほど違った意味で解釈され、固定される場合が多い。だから「あなたはこう言ったそうですね」などと言われると、「ああ、言ったよ」と言う人より「そんなこと言わなかったよ」と反論する人のほうが多いのだ。

「アレキサンドリア」

日本人は信仰や宗教について、恐ろしく鈍感で無礼である。そのようなものは科学的態度に反する無知なものだから、少々否定的に無視しても当然という感じである。

しかし信仰や宗教ほど怖いものはない。人が時には命よりも強いよりどころとしているものを、いい加減に扱うということは、その人に対する非礼だし、そのような不用心な感覚で国際化などできるわけがない。

信仰や宗教だけではない。私たちは恐れを知る者にならなければ人間を理解できないし、若い世代を、恐れも知る者に教育しなければならないのである。もちろん恐れを知るということは、相手の言いなりになるということではない。しかし違いの存在を骨の髄《ずい》まで知ることである。

「二十一世紀への手紙」

しかしほんとうに偶然のことなのですが、主人と外人が「お休みなさい」と握手をしているすぐ傍《そば》をもう九時過ぎだというのに「鹿」夫人と例の男が揃って通った。そして彼ら二人は無言でエレベーターに乗って部屋に上がって行ったというのです。

「鹿」はその数日間、大阪に出張していたのでした。

「これは注意してやらなくちゃいけないいな」

主人が言った時、私は、

「それはやめたほうがいいと思うわ」

と言下に言ったのです。

「『鹿』さんが知ったって不愉快になるだけじゃないの」

「しかし深みに嵌《は》まる前に止めさせたほうがいいだろう」

「罪悪感みたいなものなら、誰に言われなくても持ってるでしょう。それでもそうなるからには何か事情があるのよ」

「俺は知らなきゃいいけど、知った以上、部下の家庭がみすみす崩壊するのを黙って見てはいられないね。これは正義の問題だろう」

本当に世の中に正義の人が多すぎるほど困ったことはありません。親切な人はしばしばそのお節介《せっかい》で、他人に地獄の思いをさせるということを考えたことはないのでしょうか。

「ブリューゲルの家族」

「もしも……」を常に想定することは義務である

疑うということは、「もしも……であったら」という架空の状況を想定してものを考えられるということだから、少しも恥じるべきことではない。むしろ高級な知的な操作であり、人間の義務であるとさえ言える。少なくとも聖書の世界には、人が「人間の作ったもの」をすぐ信じるように、という命令は思い当たらない(唯一の例外は、眼にも見えず、存在の保証さえない神の存在を信じることについてである)。むしろ私たちには信じ難い相手であっても、信じないままに人としての憐《あわ》れみから尽くせ、と解釈されることなら書いてある。現実を甘く考えることはむしろ人迷惑なのである。

(「Ｖｏｉｃｅ」98.11　地球の片隅の物語)

よく電話機に向かって「はい、はい、どうもありがとうございました」などと言いながらお辞儀をしていると笑われることがあるが、あれはお辞儀をするとほんとうに慎《つつ》ましい声になり感情がこもるのである。その反対に寝転がったまま、慎ましい声で相手に最大級の礼儀正しい言葉遣いをしても、声はよく実態を表わしてしまう。寝そべったまま「はい、確かに承《うけたまわ》りました。いつも一方《ひとかた》ならぬお世話になっておりますから、今度はせいいっぱい努力してやらせていただくつもりでおりますから、どうぞよろしくお願いいたします」などと言ってみても、声はたぶん何かおかしい、ふざけたおざなりの雰囲気を伝えるものである。

（「週刊ポスト」98. 4. 24　昼寝するお化け）

しかし家族にも友達にも裏切られないで過ごせた、ということは、すばらしいことだ。それだけで、人生は半分以上成功している。言葉を替えて言えば、家族を裏切らなければ、それだけでその人は、数人の家族の心を不信から救ったのである。どんなに立身出世しても、家族を不信に叩き込んでおいて、人生が成功することなどあり得ない。

若い時には、人間は一生の間にどんな大きな仕事でもできるように考えていた。しかし今では、人間が一生にできることは、ほんとうに小さなことだということがわかってしまった。しかし小さいけれど大きなことの中に、この信頼というものが確実に存在している。

「自分の顔、相手の顔」

4

「与える」ということ、「与えられる」ということ

その人が幸運を掴《つか》んだからといって、必ずしもその人が善人だとか、正しい人だとかいうことはない。因果関係は少しはあるかもしれないが、完全に作動してはいない。反対にその人が悪運に見舞われたからといっても、その人が罰を受けているわけではないのだ。

勝負に勝っても負けても、それはその人の生き方の正しさや不正の結果ではない。関係は皆無ではないかもしれないが、運命はそれよりもっと深く見えざる手で導《みちび》かれている。

現世で正確に因果応報があったら、それは自動販売機と同じである。いいことをした分だけいい結果を受けるのだったら、商行為と同じことだ。それを狙《ねら》っていいことをする人だらけになる。人がいいことをするのは報《むく》いがなくてもするという純粋性のためである。

（大阪新聞連載コラム 98.10.6「自分の顔 相手の顔」）

友情の基本は尊敬である

私は友情の基本は「あの人には自分にないすばらしいところがある」と思うことだと思っています。つまり友情の基本は尊敬だ、ということであり、それは、友と自分が社会的にどういう位置にあろうと、常に自分は相手を仰《あお》ぎ見る、という基本姿勢なのだろうと思うのです。

その理由ははっきりしています。

神の眼から見た評価と、この世の評価とは違うからなのです。同じ同級生でも、クラス会で上席に着くのは、なぜか早く社長になった人でしょう。しかしおもしろいことに多くの場合、現世で地位の高い人ほど、神から受ける評価は高くないようです。

もちろん、自分のほうが相手よりましな暮らしをしていると思われる場合もなくはないでしょう。しかし他人の汚点はすばやく見つけ、他人の美点はいっこうに見えないというのが、私たち人間に共通の品性の貧しさというものです。

ですから、私の知らない美点があるに違いない他人を上座《かみざ》に据えようとする気持ちが必要になってきます。それは相手の優越を受け入れ、認め、喜び、習おうとする、しなやかで闊達《かったつ》な心の現われなのです。そういうはっきりした基本がないと、友情などというものも、けっしてすこやかに成長することはないのです。

「聖書の中の友情論」

ボランティア活動は、初めからいささかの損を覚悟すべきだし、あまり楽しくないほうが本物である。楽しくてたまらないボランティア活動には、どこかに危険な匂いがする。

「自分の顔、相手の顔」

翌朝、アルキノオスとパイアケスの人々は、さらに多くの贈物を用意し、選りすぐりの若者を漕ぎ手とした船にオデュッセウスを乗せた。船は夕刻スケリア島の港を離れ、夜明け前に、オデュッセウスの故郷イタケの島に着いた。船乗りたちは、アテナの送った心地好い眠りを貪《むさぼ》っているオデュッセウスと贈物を、そっと浜に揚げ、そのまま立ち去って行った。

しかし、このパイアケス人の船は、再び故郷のスケリア島を見ることはなかった。オデュッセウスを助けた彼らにポセイドンが八つ当たりして、船を海中の大岩に変えてしまったからである。親切にした人が、必ず報いられるという保証はどこにもないのである。親切は、ただ親切にすることが心地よいからすればいいのである。その結果、どんな報いを受けようと、それを嘆いてはならないということであろう。

「ギリシア人の愛と死」

平凡ほど偉大な幸福はない

贈り主は男性の盲人であった。その人は私の眼が手術によって見えるようになったことを喜び、しかも聖ラザロ村の人々が厳しい朝鮮半島の冬を温かく過ごせるように、と、そのお金を送ってくれたのであった。

私が盲人だとしたら、私はどんなに利己的な態度しか取れなかったことだろうと思う。私はまず、自分が失明する一方で、眼が見えるようになったという純粋の幸運を得た人に対して、言葉にはならない嫉妬を持つだろう。人間にとってもっともむずかしいことは、人の幸運や幸福を祝福できるということだ。そのもっとも人為的で、それ故《ゆえ》に最高に偉大な徳を、その人はさりげなく示したのである。

幸運を得た相手を憎まないまでも、私が盲人だったら、たぶんそこで平凡な図式を作るのである。私は眼が見えなかったら、一方的に同情される立場にいるのを当然と思うにちがいない。お金はおろか慰めの言葉一つだって、こちらがもらうのが当然であり、他人を慰める立場にいるわけはない、と思うだろう。

それで普通だろう。しかしこの人は、その常識的な判断を覆《くつがえ》したのであった。それも考えてみれば当然である。視力がないというだけで、知識的にも、経済的にも、何ら労《いたわ》られるべき人ではないのだから。そして私たちがしばしば障害者に対して持つ歪《ゆが》んだ関係――障害者が一方的に社会や他人から受けるだけを当然、とする歪んだ一方通行――をこの人は、ごくさりげなく正常化したのだ。

「神さま、それをお望みですか」

人と違って特別だということは、有名にもなるしいいことのように見えるが、当人にすれば、平凡ほど偉大な幸福はない、と感じているだろう。

時々羽田空港などにお相撲さんやバスケットの選手などがいると、私もチラッと見たくなる。ことにバスケットやバレーの選手は、小人国に紛《まぎ》れ込んで来たガリバーみたいに見えるから、私のように偽善的にちらっちらっとなどではなく、もう嬉しくて嬉しくてたまらないという表情で、にこにこ笑いながらうっとりと見惚れ、ずうっと眺めっぱなしの人もいるくらいだ。選手たちはもう馴れているのかもしれないが、あれではろくろく彼女も連れて歩けない。人の視線というものは、時には温かく、時には緊迫感の原因になる柔らかな凶器であろう。
今さらながら、多くの人に与えられている平凡という偉大な幸福に対して、私たちはあらためて感謝しなければならない。

「七歳のパイロット」

地震の翌々朝、韓国のカトリックのハンセン病の患者さんたちの村を経営する李庚宰《イキヨンチエ》という神父から見舞いの電話を受けた。以前私が韓国のハンセン病の団体から賞を受けた時、「今はたまたま日本が韓国をお助けしていますが、何かあった時は必ず日本を助けてください。お隣なのですから。そしてお隣の援助というものが、誰でも一番胸にしみてありがたいものなのです」と挨拶《あいさつ》したことを神父は覚えていた。
その時は、韓国が日本を助けられることなどあるのだろうか、と神父は思ったという。しかしこんなにも早く、そのチャンスはやって来た。今患者さんたちは、自分のささやかなお小遣いを出し合って日本への義援金を集めているという。

タイの貧しい村でも、子供たちがお小遣いの二十円を差し出す光景がテレビに映っていた。口にしたくはないが、二十円をばかにするような思い上がった日本人が出ないことを祈るばかりである。「流行としての世紀末」

「受けるよりは与えるほうが幸いである」

「曾野さん、私はこういうお金は、一人の人に出してほしくないんです」

李神父は突然そう言った。私は頭の中を見透かされたような気がして一瞬混乱に陥《おちい》った。しかし私はさあらぬ態《てい》で神父に尋ねた。

「どうしてですか?」

「人を助けるというようないい事は、一人の人が独り占めにしてはいけないでしょう。多くの人に、そのチャンスを分けてあげるようにしてください」

それは、私がそれまでに日本のいかなる場所でもいかなる人からも聞いたことがない言葉だった。聖書にも「使徒言行録」の20・35で「受けるよりは与えるほうが幸いである」というイエスの言葉が聖パウロの口から伝えられているが、この精神は戦後の日本でまったく教えられて来なかったものであった。戦後の教育は「要求することが、人権だ」という立場に立っていて、それが、人々の心を貧しくしたのである。与えるほうが礼を言うという人間関係を、私はこの時教えられたのであった。

「神さま、それをお望みですか」

しかし現実は厳しかったのです。その人は訓練を受けてどうやら自分の身の廻りのことだけはできるようになってはいたものの、まだ無職でした。

「そんな決定的な傷を負って挫折した人を幸福にするなんてことは、あなたでなくても、誰にもできやしないよ」

その話を打ち明けられた時、主人は一言のもとにそう言いました。

「あなたがいるいないじゃないんだ。また、あなたならできるとかできないとかの問題でもないんだ。そういう不幸は本質的なものなんだから、誰にも救えやせんのですよ」

そうかもしれないけれど、それだけではないだろう、と私ははらはらしながら、二人の会話を聞いていました。

「あなたは今に、そんな運命を引き受けたことを悔やむようになる。子供なら、数年待てば今に手がかからないようになるんです。でもそういう人は年をとればとるほど、重荷になって来る。あなたの一生はそれでつぶれてしまう」

そういう人を抱え込んだら、もう、あなたは旅行もできない。収入がなければ、引け目から素直さを失うこともあるだろう。今はどんなに愛していても、そのうちに愛想が尽きるようになるかもしれない。

主人がかなりあからさまに言う気になったのは、確かに朝海さんに対する親切もあったろうとは思います。しかしその考え方は、じつに主人らしいものだったのです。

その時朝海さんは、

「だってお宅の奥さんは、円《まどか》ちゃんと暮らすことを少しも嫌がっていないじゃないですか」

と言い返しました。すると、主人は、その時だけじつに正確な返事をしたものです。

「親子は別ですよ。断ち切ることのできない関係だから、選ぼうと思ったこともないんです。でも夫婦は違いますよ。別れて行ける関係なんですから」

でも結果的に、朝海さんは自分の選択を守りました。一度だけ、私は、「どうして？ それほど好きだったの？」と尋ねたことがあります。この時の朝海さんの答えを、私は一生、忘れないだろうと思うのです。

「今逃げ出したら、私の一生は失敗するような気がしたの。そのまま魂が腐って行くような感じがしたの」　「ブリューゲルの家族」

変わらせようとしてはいけない。ただ見守り、自分が楯《たて》になってその人物が決定的に崩壊するのを防げばいい、と聖書は言っているという。それが出口のない苦しみとして心を締めつけているような気もするし、掟《おきて》として心を支えてくれるような気もする。

「寂しさの極みの地」

病人の最大の癒《いや》しは、喜ぶことだろう。大きな喜びではなくても、ちょっとした小さな気分の転換、幸福の予感だけでも違うと思う。幸福感ということは、医師が計算できないほどの治癒《ちゆ》効果をもたらすはずだ。

(中略)

もし毎日ファックスやEメールが読める制度ができれば、病人は、友人知人家族の日常を、時差なしで感じられる。それは、病人が見捨てられていないこと、家族の直中《ただなか》にあるということの、何よりの証《あかし》になる。病気になどなっていられない。早く治って帰って夫と娘のケンカの仲裁をしなければならない。レトルト料理ばかり続いているらしいから季節の野菜を料理して皆に食べさせたい。鉢植えの花を枯らせるようなことが続いたら花がかわいそうだ。そう思わせることが生きる力になる。これらのサービスにはお金がかかるだろうが、その分は有料でとればいい。そしてこういう仕事には高齢者の再雇用が一番いいのである。

「自分の顔、相手の顔」

赦《ゆる》し合う者となれ、と言われても、私たちはそうそう誰にでも自分の心を開くというわけにはいきません。少なくとも、私はそうでした。

ただそこで、折衷《せっちゅう》案はあります(神がそういういい加減なやり方をお好みになるかならないかは別としてです)。もしほんとうに避けたいと思う相手がいたら、私たちはその人の悪口を言わずに、相手が気がつきもしないようにそれとなくそっと遠ざかり、その人の幸福を祈り、その後いつでも、何かほんとうにその人の困ることが起きたら、手をお貸しするという心を持ち続けることです。

「聖書の中の友情論」

ご家族は何人ですか、と聞いてもらうと「子供はいないそうです。ご夫婦と親戚の人とで暮らしています」という返事が返って来た。一間の家に、親戚の人がいるとすれば恐らく床に寝るのだろうが、とにかくその素朴な生活様式は、日本人にはあまりうまく想像できない。

その親戚の人、というのはどういう関係なのだ。恐らくは、この人たちよりもっと貧しい人だったから、ここへ転がりこんで来たのだろう。日本人はそんなことを聞くと、「え!? そんな貧しい家に、まだ転がりこんで来る人がいるんですか」と言うが「貧乏は底なし」なのだから、どんな家にも、それよりさらに貧しい親戚というものはあるのだ。そして日本人のように、人を救うのは社会福祉制度、などという冷たい思想に毒されていない世界の多くの人々は、一族の中で少しでも食べものを多く持っている人が、それより気の毒な人を助けるのが当然と信じている。もし自分が百円でも多く持っていれば、その百円を持っていない親戚は、自分が面倒を見るものだ、と受け入れている。

先進国における社会福祉制度の普及は、そうした人間の基本的な優しさを消した。そして経済的な保障が、国家や社会機構によってなされればなされるほど、先進国の人の心は痩《や》せて貧しくなった。私たちは物質的に豊かになると同じ速度で心が貧しくなった。この皮肉な相関関係を私たちは充分に認識して危惧すべきなのだが、その点はほとんど気づかれていない。

「神さま、それをお望みですか」

学生時代から、私は知的な人になりたいと思い続けて来ました。というのも、世の中には物知りがたくさんいて、私が何かトンマな質問をすると、同級生からでもそんなことも知らないのかという感じで、うっすらと笑われたりした経験がよくあったからです。

若い時は、そんなことにも少しは傷ついたものです。しかし途中から――というのは四十代くらいから——まったく気にならなくなりました。

第一の理由は、自分のほうがそこにいる人より知らないことがある、という事実は、自分のほうが教えてもらってトクをしている、という証拠ですから。

第二の理由は、他人はその場に自分より愚かな者がいるという時、少し幸せになることもあるのです。優越感もありましょう。教える楽しみ、というものを持っている親切な人もたくさんおられます。ですから、無知な私の存在はささやかな幸福の種を蒔《ま》いていることになるのです。

差別語だと言ってすぐ怒る人もいますが、トンマ、マヌケ、グズ、などという特徴は、愛すべき要素を充分に持っています。少なくとも神様は、こういう特徴を持つ人を、充分に、秀才と同じにか、時には秀才に対するよりも愛してくださるでしょう。トンマやマヌケやグズがいなかったら、あるいは私たちの中にその要素がもしまったくないとしたら、世間には笑いの種もなくなり、かさかさに乾いた理詰めの世界が広がるだけになります。


「聖書の中の友情論」

取り柄のないことが取り柄である

「俺、チビやろ。会田とでも誰でも、人並みな背のもんと並んだだけで、圧迫感じるもん。でも、しゃない。俺といると、相手はたぶん、気分いいやろ、な。相手はそう自覚はしとらんやろけど、その気分のよさは俺がそいつにやったもんや、と思うことにした……」

「したの？」

「うまく、できんことも多いけど、そう思うことにしてる」

島村は瘦せた顔で笑った。

「島村さん。そんなすごいこと、自分で考えついたん？」

「俺がそんなことできるかいや」

時々島村の笑い方は歪《ゆが》んで老人のようだったが、それだけ味がある、と光子は思った。

「極北の光」

私は生涯《しょうがい》定職に就《つ》かなかったおかげで、友達はたくさんいる。誰にとっても私はライバルではなく、誰も私を羨《うらや》む人はなかった。同級生のすべてが私よりはましな生涯を送ったと思っている。

だから、誰もが私に寛大であった。私は一段低く見られることで、人の心の決定的な醜悪さを見ないで済んだだけではなく、優しささえ垣間《かいま》見た。

「讃美する旅人」

世間を見回すと、親子の間ではいくら子供が愚かなことをしでかしても、見捨てる親はめったにありません。むしろ初めからもっと厳しくしていたらあの子も甘くならずに済んだだろうにというケースが多いようです。

しかし友人となると、私たちはまことに理性的になります。葦《あし》の葉が一度でも折れようものなら、「あれはもうだめだよ。切ったほうがよかないか」と言い、すこし灯心が燻《くすぶ》るようになると「もう灯心は新しいのに換えるべきだろうね」ということになるのです。しかし、それはけっして友情の本来あるべき姿ではない、と聖書は書いているのです。

葦を切り離してはいけない。灯心を消してはならない、ということは、むしろ悲痛な叫びでしょう。もし適当な時に葦を切り、灯心の火を消すべきだということになれば、それは人間の場合なら、その人の存在を切り捨てることになるからです。

考えてみれば、私たちは誰かを切り捨てるほどの判断と勇気を持てるわけがありません。それどころか、多くの場合、自分とは意見も趣味も性向も違う人のおかげで、私たちは生かして頂いています。

「聖書の中の友情論」

メモは同じ場所にあったのだが、読んだのか読まないのかさえよくわからない。母親の作ったおかずが気に入らないこともあるだろう。魚が食べたいと思っている日に、肉が用意されていたら、うんざりする気持ちもよくわかる。しかしそういう場合でも、返信のメモには「ごちそうさま。うまかったよ」と嘘を書き、食べる気にならなかったおかずはこっそり捨てておくくらいの親に対する労《いたわ》りが、もう十九歳にもなってどうしてできないのだろう、と香葉子はぼんやり考えていた。

たとえその不実な嘘が見え透いても、香葉子はその配慮を心から喜んだろう。母子の間で配慮が要《い》るなどという関係になったら、もう親でも子でもない、それは他人と同じだ、と言う人もいるが、香葉子は嘘でもいいから息子の優しさを求めていた。優しさではなくとも、冷え冷えとした礼儀だけでも今はいいのであった。

「寂しさの極みの地」

この従弟《いとこ》は気のいい男で、向上心というものが一切ないところが、最大の取柄《とりえ》であった。だから廻《まわ》りの者の気を楽にするのである。

「讃美する旅人」

「そういう家族の危機みたいなものがあった時、主人は何もしないんです。まったく何も言わないし、何も責任を負わないし、私の父を慰めるということも一回だってしないんです」

「……」

「息子が、もうお父さんは、死んでいないもんだと思えよ、って言うようになったんですけど、もう高校生ですから。でも私はそう思うまでにずいぶん時間がかかりました。荷物はほんの少し手分けして持ってくれるだけで、うんと軽くなるのにね。夫がいるのに、分け持ってくれないと、倍重く感じるんです」

「そうね。それはわかります。いっそいないなら、それでいいんだけど」

「愚痴をお聞かせしてごめんなさい。ただ主人の場合スポーツができたり、ちょっと筋肉マンですから、頼りになりそうに見えるんですけど、じつは何も引受けない人なんです。でも悪いことをするわけでもない。私はそういう人と暮らしてきたんです」

「悪くなければいいわけじゃないのね。悪いことをしても、いいこともすれば魅力的に思えることはよくありますけどね」

「寂しさの極みの地」

私の持っている画集のどこかに、ブリューゲルの作品には謙譲と寛容が大きなテーマとしてある、と解説してありました。この二つは人生で麻薬のようなものですね。この二つの味を知ってしまった人間には、この二つがないと、悲しくて生きていけないのです。

しかしおもしろいことにこの二つはどちらも「要求」するものではありません。政府にも他人にも、会社にも学校にも教会にも、その二つを持て、と命令すべきことではありません。

それ故にそれらは、時代遅れ、はみ出した感情、ばかな情熱なのです。それは自分だけに要求するもので、もし自分以外の人がそれを示してくれたら、無言の尊敬と感謝のまなざしを遠くから注《そそ》ぐ、そういった類《たぐい》のものなのではないでしょうか。

「ブリューゲルの家族」

じつは後から知ったのだが、聖書には「受けるより与えるほうが幸いである」という言葉が「使徒言行録」の20・35にちゃんと書いてあったのである。これは信仰の問題ではない。心理学的実感である。人間は（いや私は）ものをもらったことはよく忘れる。しかし人に与えたことはしぶといほど覚えていて、後になっても恩を売りたがる。つまり受けることよりも、与えることのほうが、人間には大きな幸福をもたらすということだ。

（「Ｖｏｉｃｅ」98.5　地球の片隅の物語）

5

「いい人」をやめるつきあいかた

頼まれたら断われない、という神経も私には昔からなかった。これはあるべき感覚が欠損しているのかもしれないが、私はどんな相手でも筋が通らなければ断われる。悪く思われても仕方がない、と初めから思っているのだ。言葉を替えて言えば、私はもうとっくにうんと悪く思われてきたのだから、今さら、評判をよくしようとしても、無理なのである。

「自分の顔、相手の顔」

世の中には、良心的で厳密な人ほど神経症にかかります。他人はたぶん自分のことをよく思っていないだろうと思うと、人嫌いになります。失敗や手抜きを自分に許さないと不眠症になります。他人に愛されないことも悲しいことです。しかし自分にとりたてて悪意がないなら、他人の悪意を甘んじて受けるほかはない、とこの頃は思うようになりました。一人の人に憎まれても、別の一人に好きになってもらえる、ということも、世の中にはよくあるのですもの。

「聖書の中の友情論」

「私、その時、初めて、自分は好きなのに、相手からは嫌われるということがあるんだと思いました」

「辛かったでしょう」

ましてや嫌われたように見える相手が母なのであった。

「ええ、でも仕方がない、と思いました。そういうこと、ってあるんだな、と子供心に思ったんです。こちらが悪くなくても、向こうが一方的に嫌うことってあるんだな、って思ったら、何か急に気が楽になりました」「寂しさの極みの地」

人はかならず誰かに好かれ、誰かに嫌われている

人間の中には、必ず排他的な心理がある。人はかならず誰かに好かれ、誰かに嫌われている。それをいちいち気にする必要はあまりないように思う。嫌われている人の心はあまり乱さないほうがいいからそれとなく遠ざかり、自分と気が合

う と言ってくれる人と感謝して付き合う。それが自然ではないかと思う。嫌う相手に好きになれ、と強制するほうが私は惨《みじ》めで浅ましくていやだ。

「自分の顔、相手の顔」

私は同人雑誌に加わって小説の「修行」をしながら、小説を書くとは、いったいどういうことなのか、ということを好奇心いっぱいで見ていた。私は常識的なサラリーマンの家庭に育ち、小説家の世界などは覗いたこともなかった。今とは違って、小説家という職業は、当時は(というべきか、当時もというべきか)一部の人からは羨《うらや》まれる面と、堅気の人々からは顰蹙《ひんしゅく》される面とを持っていたが、私はその両面を、というよりむしろ悪評をよく知った上で、その道を選んだのだから、気楽なものだった。

私は人からかいかぶられているより、むしろ悪く思われている状態のほうがどうしても気楽なような気がしたのである。私はそんなに確固として信仰を持っているわけでもなかったが、もし神さまという方がおられるなら、人の評判はどうあろうと、私はただ限りなく私であるだけであって、それ以上でもそれ以下でもないであろう。人が作家などという職業を貶《さげす》んだとしても、私がなりたかった人生を、人の評判に妥協して捨てるなどということも、私には考えられなかった。

「悲しくて明るい場所」

子供が生まれた頃から、私は作家としての生活を始めることになった。家にいる仕事だったから、もちろん子供が泣けば、すぐ立って行って見ることができる。その点、仕事と育児が両立しやすい状況だったが、たまに地方へでかける時など、やはり母だから、安心して預けて行けたのであった。

こうして母の庇護《ひご》の元に暮らしていた生活が、しだいに私が母を庇護するように立場が逆になって当然であった。私が書かねばならない原稿の量も多くなり、そうなると、とても作家として母として女房として、すべてを両立させることとなどできなくなった。

私はその三つをすべていい加減にやることにした。よく女優さんが「結婚しても、妻としての義務を完璧に果たします、と約束していっしょになったのですが、それが続かなくて……」と言っているのを週刊誌などで読むが、そんなことは初めからできるわけがない。作家なら髪振り乱していてもいられるが、美しくいなければならない女優さんなら、家庭生活などまともにやっていられないのが当然である。

夫は私がプロの作家である以上、社会との契約を最優先することを承認した。私は家族に病人が出た時には、そちらが大切、と思っていたが、健康な時は、かなり手を抜いて、どうにか皆が生きていければいいことにした。

「流行としての世紀末」

世間の「悪評」は願ってもないこと

誰でも自分の評判というものは気になるものだ。しかし評判ほど、根拠のないものはない。私以外に私のこまかい事情を知っている人はないのに、その知らない他人が私のことを言っているのだから、評判が正しいはずはないのである。それでいてその評判に動かされる人が多い。世間というものが眼に見えない力で圧力をかけるのである。「自分の顔、相手の顔」

日本財団から会長にならないかという交渉を受けた時、私は分裂した気分になった。数人の新聞記者が、私に、私がまったく日本財団のような組織の仕事は素人だということを言わせるような誘導尋問をした。「ええ、私はほんとに何も知りませんから」と言うのは、私の好きな怠惰な台詞《せりふ》なのである。人間、知っていると言ったら後が大変だ。知らないということほど楽な返答はない。しかも新聞記者が、私がこの世界にはまったく無知だという答えを期待しているらしい時には、私は彼らの希望に沿おうかという誘惑を何度か感じたこともある。しかしそれも正確な答えではなかった。

もちろん私はベテランとはとうてい言えなかったが、いつのまにかこうした援助の仕事に関してだけは、素人とも言えなくなりかけていた。

（中略）

援助のことだけではなかった。これも偶然だが、海事知識についても、私はまったくの素人よりは少しましかもしれなかった。と言おうとしたら、私の知識はあまりにも古くなりすぎているのでがっくりしている。

（中略）

さらにここ数年の間、私のおかしな趣味の一つは、他のNGOの決算報告を読むことだった。

（中略）

ここまで言ったら、ついでにもう少し言ってしまおう。来年、日本財団が力を入れているハンセン病の会議がインドであるから出席するのはどうか、と言われた時、私は会議は嫌いですから現場の調査に出してください、といつもの身勝手な口調で言ってから、またおかしな気分になった。以前、私はインドのハンセン病院をモデルに『人間の罠』という新聞小説を書いたことがあった。

（中略）

こんなこともあったから、私は日本財団の仕事をしてもいいかなと思ったのである。思い過ごしも間違いもあろう。しかし「ご縁」がないとは思えなかったのである。

私が一番気楽だったのは、これが私がやりたくてなった立場ではない、ということだ。私は無給で、これが私にとって経済的に得になる仕事でもなかった。

新聞記者の数人は、私がこういう仕事に就いたことで、読者や友達が悪口を言ったり離れて行ったりしないか、という意味のことを言ったので、私はまた少しびっくりした。でももしそれが本当なら、これはすばらしい機会だったのである。今度、私は私のほんとうの友達とそうでなかった人とがわかることになる。

でも、私はまだ棄てられたという結果に直面していない。私の友達は、皆おかしな私の性格を、そのまま受け止めていてくれたのである。

「近ごろ好きな言葉」

「世間の悪評」が、誰もほんとうに知らないままに先行しているという状態は、むしろ人間にとっては願ってもないほどいいものなのです。そのようないわれのない非難と闘っている限り、人間は堕落しないで済みますし、勇気に溢れているものなのです。

「湯布院の月」

私はいろいろなことを諦めたが、中でも割と早くから、人に正当に理解されることを諦めたのである。つまり社会が、ある人を正しく理解し、その当然の結果として、公平かつ平等に報いる、などということは、言葉の上ではあるかもしれないが、実際問題としてはほとんどあり得ないことだということを、別に誰にも習わなかったが、ほとんど本能的に知ったのである。私は、けっして自分に与えられた処遇を不満に思って、こういう判断をするようになったのではない。私はむしろ何度もよいほうに過大評価されもしたのである。

人は誰でも、時に過大評価され、時に過小評価される。いたし方ないのだろう。もちろん過大評価された部分が多い人と、過小評価された部分が多い人とはあって、その差が現世では利益上大きな違いになる、とは言える。

しかしたとえそうであっても、それは私の責任ではない。私が誤解したのではなく、誤解したのは他人であり世間なのだから、私たちはできれば訂正し、後はくすぐったい思いを忘れなければいいのである。

自分に責任のないことについて、日本人はよく謝っておくということをするが、それはむしろ、言いくるめておけばいい、という相手に対する無礼な態度であり、人から悪く思われるような損なことはしない、という計算から出た行為だと思う。自分の責任でないことは別に謝る必要はないのである。

人は他人のことを、正確に理解することはできない。これは、宿命に近いものである。だから人間は、正義や公平や平等を求めはするが、その完成を見ることは現世ではほとんどない。それをいちいち怒るような幼い人になると、一生それだけで人生を見失うのである。

このことはけっして、私になげやりな態度を取らせもしなかった。おもしろいことに、世間中が、勘違いをするということもなくて、私には常に私を理解してくれる友人がいたから、彼らか彼女たちのうちの数人は、事情をわかってくれているということがよくあった。また私が何か説明しようとすると、夫が「ほっとけ」と言うこともあった。

彼の論理によると、人間、いい評判など立てられると、とにかく肩が凝《こ》ってしかたがない。それに、いい評判というのは、とかく少し努力を怠《おこた》るとくずれがちなものだからでもある。しかし「善評」に比べて「悪評」は安定のいいものだ。「善評」はそれを保ち続けるのに、すさまじい努力がいる。いつもよく気をつけ、気前よくし、けっして荒い言葉を吐かず、徹底して慎ましく、寝る時間を惜しんでも人のために尽くす。そのような努力を少しでも減らすと、途端に人は悪口を言い始める。

しかし「悪評」は保ちがよく、安定している。ちょっとやそっとのことでは、その評判が変化したりはしない。世間は、悪評のある人物には最初から期待しないから、その人は無理をしなくて済む。そして少しいいことをすると、運がよければ意外に思ってもらえたりもする。だから、どちらかというと悪評のある人のほうが、当人は楽に生きられる。

「二十一世紀への手紙」

誰にも負けないものを一つ持っていれば、あとは全部譲《ゆず》れる

私は人道的な立場などで、人の才能を認めようなどと言っているのではない。私は昔から勝気ではなくて、むしろ幼い時は依頼心の強い娘だといって始終親に叱られていた。大人になると自分にない才能を持つ人がこんなにもいるということに驚いたものである。

私が楽だったのは、たった一つ小説という分野を自分の専門として守っただけで、後は持ち前の依頼心の強さに戻り、人はすべて先生と思い、その人の得意なことはできるだけなすりつけて、「してもらった」ことである。人は頼むとたいていのことを教えてくれるし、その得意とするところで働いてくれる。それはいっしょに仕事をしたり、旅行をしたりすればすぐわかることだ。そして私はそのことで得をしたのだから、深く感謝し、相手に対する尊敬を自然深めることになる。たぶんそういう空気は相手にもよく伝わるものだろう、と思う。

「ほくそ笑む人々」

すべて人生のことは「させられる」と思うから辛かったり惨めになるので、「してみよう」と思うと何でも道楽になる。

（中略）

妻のしたいことをさせないとオッカナイ、というほかに、夫はもっと狡い理由を考えている。女房を外へ出しておくと、社会が女房を教育してくれる、のだそうだ。教育なんて自分がやろうとすれば面倒くさいし、すぐケンカになったりする。その点女房が外へ出ていれば、自然に他人さまが人間の複雑さも見せてくださるし知識もつけてくれる。女房のお守を一人でしようとすれば大変だが、部分的に他人におしつければこれまたおおいに楽をする、という計算である。

「自分の顔、相手の顔」

今でも私は、会議の席などで、すぐに軽薄な意見を述べるのですが、反対されるとあまり言い張りません。じつはどちらでもいいのです。なぜなら、人間は、将来を見抜く力など持っていないし、私は自分のそういう自信のなさに対して、ある種の自然さと安定さえも感じているからです。ここらあたりが、私が学校秀才とはまったく無縁であることの証拠です。

「聖書の中の友情論」

六十の定年を過ぎたら、いや六十五で老齢年金を貰《もら》うようになったら、いや七十を過ぎたら、（つまりいくつからでもいいのだが）もう浮世の義理で何かをすることからは、一切解放するという世間の常識を作ったらどうなのだろう。もう人生の持ち時間も長くないのだし、健康に問題が生じても当然の年だし、義理で無理をすることはない年なのである。

（中略）

高齢者を労るなら、好きなほうを取らせたらいい。賑《にぎ》やかで人に会うことが好きな人は、どんどん出掛ければいい、派手なお葬式をしてあげたらいい。しかしもう人中へ出ることが億劫になっている人には、義理を欠かせたらいい。生きているうちなら、見舞いに行くのも大切なことかもしれない。しかし亡くなった後では、魂はどこにでも遍在するのだから、考えようによっては何も葬式の場に行くこともない。家で祈ればいいことだ。

「自分の顔、相手の顔」

最初がゼロであれば、プラス発想でつきあえる

幸か不幸か、私は政治家の誰とも親しくなくて、その私生活など知る由《よし》もない。だからなおさら選びようがない。それに、私にとって人を知るということは、常に大変手間ひまのかかる仕事だという認識があるのである。

たいていの人間関係は初めいい人のように見えていて、しだいに失望することが多い。しかし私には、逆の楽しい記憶もある。

（中略）

その人は、私をインタビューしに来た時、毎年障害者との旅行をこれで十年以上続けていることを知ると、自分も手伝いながら参加する、と言ってくれた。

彼から電話がかかって来たのは、旅行の申し込みの締切から、半月くらい経った時である。

「旅行、行こうと思ったんだけど、もう定員いっぱいで締め切ったんですって？」

と、彼は言った。

「いつ、申し込みをなさったの？」

「さっきなんです」

締切にもう遅れてるじゃないか、と私は内心思いながら言った。

「でも必ず間際《まぎわ》になって、やめる人というのは出るものなんです。あなたや私は旅馴れているから、支度をしておいて、その数日前にキャンセルの人が出たら行くことになさったら？」

するとと彼は答えた。

「ええ、でも僕はあんまり旅馴れてないんです。たいてい首相の専用機で飛んで、先方の国に着くと、兵隊が荷物を下ろしてくれるような旅行が多かったから……」

電話を切ると、私は秘書に相手の口真似《まね》をして、ワルクチを言うことにした。

「だから新聞記者なんてコマルのよ。特権階級意識の塊《かたまり》なんだから。申し込みの締切なんて守らなくても何とかなる、というのが、彼らの考えなのよ」

ところが彼は、当日になってほんとうに成田に現われたのである。そしてまるで主戦投手のように、旅行の間、車椅子を押し、足の不自由な人を庇《かば》い、盲人の話し相手になり続けてくれた。

こういう出会いは稀有《けう》のぜいたくである。それは初めは平凡な印象かむしろマイナスの要素からスタートしながら、しだいにその人間の自然な輝きに打たれるという豪華な経過を辿《たど》れたからである。

しかしそういう機会もなく、揃いも揃って初めから終わりまで自分のいいところだけを宣伝し、欠点は隠しておいて自分を信用しろ、というのが選挙の立候補者の原則である。どうしてそういう人を信頼したり、選んだりできるのだろう。

「ほくそ笑む人々」

責任の範囲でなら、私は憎まれることにも意味があると思える。しかしその場だけの関係なら憎まれないほうがいい。

「自分の顔、相手の顔」

明るいということが、賛辞の一種だとなったのはいつからのことだろう。明るさは確かに救いの場合もあるが、鈍感さや、個性のなさや、無思想の代わりに使われることもある、ということを、多くの人は気づいていない。

「寂しさの極みの地」

どうにも仲よくなれなかった人たち

スピーチの始まる前、一人の方から「自民党がこういう落ち目にいる時に、出てくださるのは曽野さんらしい」と言われた時、少しだけ嬉《うれ》しかったということはあります。私は、どの人でも、どのグループでも、評判が悪い時、そして他人がその人やグループと関係を持つのを嫌《きら》ったりためらったりするような時につき合うのが好きでしたから。

「聖書の中の友情論」

私が生涯「仲よし」にならなかった人種は、自分が人道的に正しいことをしている、と思っている人たちであった。「一人の人間の命は地球よりも重いじゃない」と片方で言いながら、「生む生まないは女の自由よ」と言うのは論理に矛盾があるのに、そう言って自己肯定をした人たちである。そういう辻褄《つじつま》の合わない人とは、どう付き合って行ったらいいかよくわからなかったのである。胎児は中絶しないかぎり、そのほとんどは生き続けるれっきとした命で、しかも抗議も署名運動も反対のデモもできないもっとも弱い存在だということは明白なのだから、もし一人の人間の存在が地球よりも重いならば、胎児を中絶するなどということはもってのほかだ。胎児は無抵抗の存在だが、れっきとして生命そのものであり、その弱者を勝手に「間引く」という思想は戦慄すべきことだろう。

しかし「人間は、自分を生かすためには、子供だって見殺しにすることもありますよね」と言う人とは、私は親友になれた。自分の中にある矛盾した要素を承認した人である。

(「新潮45」96.9 夜明けの新聞の匂い)

自分の親でも子でも兄弟でも配偶者でもない赤の他人が、戦争中に犯したことを謝れと言われても、私にはむずかしい。もちろん謝れ、と言われれば謝っておいてもいいけれど、謝るというのは本来自発的でなければ意味のない行為だから、強制されて謝っても何の意味もないだろうと思う。それを知りつつあえて謝れというのは、個人なら威張りたい人、イコール弱い人なのではないか、と思う。

個人の関係の場合、相手に謝らせるくらいなら、こっそり侮蔑していたほうがいい、と私は思う。しかし国際間の謝罪というものは、本来なら金銭の要求ということである。それだから、なおのこと謝れない場合が多い。自分が悪いと思っていても、謝ったら金を取られると思うから払えない場合は謝れないのである。さらに「国益」という、とにかく自分の国は損をしたくない、という気持ちがあるから、ほとんど謝るということをしない。その点でも、自国のことを執拗に悪く言う日本の新聞の「公正さ」というものは、人間離れしていて気味が悪い。

私が謝れない一つの理由は、私がキリスト教徒だからだと思う。私たちは、本来自分の犯した罪しか謝ることができない。兄弟でも親子でも夫婦でも、罪は犯した人の罪なのである。もし代理謝罪が許されるなら、カトリックの罪の告解という行為は成り立たなくなる。

もちろん近親者が悪いことをすれば、周囲の者は、悲しみ、怒るだろう。そして代わって償《つぐな》いをしたいとも思うだろう。しかし犯した行為は当人しか謝ることができない。世間が謝って当然というが、私はどうしても、この点が納得できないのである。　「ほくそ笑む人々」

私たちはこういう形で、日本以外の文化の形を学んでいったのである。相手を信じないことと相手を信じることとは、同時に行なわれなければならない作業であった。相手が「心配いらない」と言ったら、それは心配すべきことがある証拠だし、「問題はない」と言ったらそれは問題がある証拠《しょうこ》だと反射的に考える癖もつけられた。

（大阪新聞連載コラム 98. 4. 29「自分の顔　相手の顔」）

壊れても仕方がない、むしろ壊れたほうがいい関係

誰しも自分の体は自分で守るのである。他の状態ならいざ知らず、死ぬほど疲れていると感じたら、どんな不義理もできる。死ぬことと比べたら、出世も、悪評を立てられることも我慢できるというものだろう。ほんとうに過労で死ぬほどかどうかは、自分しか判断できない。

一方、企業や組織のほうでも、従業員をどれほど厳しく使ったら事故が出るか、見極めるのが組織の繁栄に繋がって来る。働いている人が「カローシ」でもすれば、恰好《かっこう》が悪いから、週休も年休も、しっかり取ることを今より勧《すす》めるようになるだろう。企業のほうにもこの点の見極めということが必要になって来る。

「近ごろ好きな言葉」

「でも私、言ってやったの。威張りたい人、って簡単じゃない、って」

女はあけすけな話し方を止めようともしなかった。

「そうですか」

「だってご希望がはっきりしてるから簡単でいいと思うの。威張りたいなら威張らせてあげればいいわけでしょう。簡単なことじゃない」

「でも、相手はこちらを叱るかもしれませんよ」

本気でそれを問題にしているわけではなかったが、岩田は会話を楽しむために、そう言ってみたのであった。

「叱られたら、どうもすみませんでした、って大袈裟《おおげさ》に謝っておけばいいのよ。だいたい、他人に向かって謝れ、っていう人とか国とかは、全部バカなんだから」

「奥さんははっきりしておられますね」

「だって考えてみてよ。謝れ、って言われたから謝るような相手に、謝らせれば満足する、っておかしいじゃないの。謝らせたいような相手とは、遠ざかるのが普通の神経だわ」

「でも謝らせれば、金、取れることもありますよ」
「お金、取れるなら、別」
女はにっこり笑った。その現金な豹変の仕方も、岩田にはかわいいものに見えた。

「アレキサンドリア」

自分と同じであることを人に強要しないこと

ただおぼろげながらわかることは、外国では、人は自分と考えが違うものだ、と誰もが思っていることだ。人が違うのだから、考えも違って当然である。しかし日本人はそうは思わない。違うということは、反道徳的なことになる。つまり多くの人は自分が正しいのだから、正しいものの反対は悪いものだということになる。

(中略)

嫌われていい、と居直るわけでもないし、理解されるように努《つと》めるのは、半分義務だと思うこともあるが、世の中にはどうにも仕方がないことだってよくある。人に嫌われるのもその一つである。人に嫌われたら、うなだれているほかはない。もしそれが純粋の失策だったら謝り、直すこともできるが、それが思想的な選択の結果だったら、「ごめんなさい。あなたの言うとおりにします」とも言えない。自分であることを捨てることになるからである。

自分ができないことは、人にも要求しないことだろう。人は違ったまま、ただ基本的な問題についてだけ、助け合うことだ。命を守ること、とか、病気を治すこと、とか、子供に読み書きを教えること、とかそういう基本について働くことは、相当に意見の違った人とでもできる。「自分の顔、相手の顔」

それに、それが正しいと思ったら、人は秘かにそれをやり通す他はない。他人の承認が得られないから悪いことだろうと思う必要もなければ、人のしないほどいいことをしていると思う必要もない。つまり、対人関係というものは、定型も規則もないのである。

「夢に殉ず（上）」

電話は掛けるべきだったのかどうか、今でもわからない。しかし人はその時々で、あまり相手に負担をかけない限り、素直であるべきだろう、という気がした。相手の声を聞きたいと思ったら電話を掛け、休みたいと思ったら休み、泣きたいと思ったら泣き……それが人生に対する誠実、というものかもしれない、と今、香葉子には思えた。

「寂しさの極みの地」

人間の行為の結果には初めから限度がある。人は身近な人からできるだけ助けていき、肉体的にも経済的にも限度まで働けば、それ以上できなかったことを悩むことはない。全部を助けられないのを理由に、助けられる一人を助けないことはない。そう教わっていたのである。

「自分の顔、相手の顔」

お体裁からは何も生まれない

今や死刑反対は世界の流行である。自分や家族の死と無関係のところで死刑に反対するのは簡単なことで、でも、そうすれば私たちは簡単に「いい人」「人道主義」を装《よそお》える。そういう時には、私はちょっと立ち止まって「いい人」にならないように用心することにしている。そして、自分の愛する者を殺した相手を、心から許せるような自分になることを、あらためて死ぬまでの目標におくのである。

「流行としての世紀末」

私は幸運なことに、親から、人間は正しく理解されることなどほとんどない、と教わった。私自身、私よりもっと幸福な人もいるだろうけれど、もっと不幸な人もいるだろう、と当たり前のことを考えていた。もっと不幸な人と比べると私の幸福は感謝しなければならないし、もっと幸福な人と比べると私のほうが人生を知っている、と思うことにした。それで私は小説家になったのである。不幸は私にとって、小説家になるための必要最低限の資格であった。

「自分の顔、相手の顔」

「私、もうとっくに人のために生きるのを止めにしましたから。あれからも、大きな道の分岐点を過ぎました。自分本位に生きたから、やっとその地点を過ぎて来られたんですもの」

「そうだろうな。そういう時に、何も相談に乗って上げられなくてごめん」

「いいえ、誰だって解決しなきゃいけない時は、自分一人でやるべきなんです。お母さんが、生前よくそう言ってました」

「極北の光」

会いたい人に会えるかと思うと、心が躍《おど》る。人に会うことがこんなに嬉しい人間もいるのに、世間には対人恐怖症になる人もいるという。その理由は、いくつもあるだろうが、人によく思ってもらいたいという不自然な期待と、功利的な目的で会いたくない人にも会わされるからだろうと思う。翔は会いたくない人には会わないで済んで来た。だから会う人は、会いたくてたまらない人ばかりだった。それは何という大きな幸福だったろう。

「夢に殉ず（上）」

6

品性《ひと》が現われるとき

人を侮辱する心情というものは、必ずと言っていいほど弱い性格に起因している。つまり自分に引け目があるから威張るのだ。相手をばかにして見せでもしなければ、自分の存在がじつは稀薄なのを知っているのである。この力学的原理は、昔から今まで少しも変わらない。

「アレキサンドリア」

友情の妨《さまた》げになるのは、思い込みです。じつはその人の行動にも心理にも、他人にはわからない裏がある、ということがわかれば、人間はけっして極端な判断には到達しないものです。

「聖書の中の友情論」

「人がしなくてもする」「人がしてもしない」が品位である

品位というものは、比較的地味な服装から滲《にじ》み出ることが多い。金とか、赤とか、紫とかいう色は、人目を引くことが多いが、そのような色を上品に使うのはなかなかむずかしい。

服のように、外から簡単につけ加えることができるもので自分を主張することが、まったく意味がないとは言えない。ファッション産業が立派にそのことの意味を証明している。しかし一面では、衣服などで自分の存在を主張してみても、つまらないことはよくわかるのである。だからむしろ、くだらない衣服などで、人目を引こうという見えすいた計算を放棄することに意味が出て来る。

しかしそれは、別な面で、自分に自信のある人しかすることができない。人よりでしゃばらないこと、功績を人に譲《ゆず》ることができること、黙っていること、密かに善行をなすこと、自分の持っているものを見せびらかさないこと、などは、すべて力のない人にはできない行為なのである。そしてそれらのことが気品とか品位とかの本質になっている、と私は思う。

「黙って死んで行く」という言葉も私は好きである。

もちろん、私をはじめとして、人間はなかなかそういうことはできない。間違った非難をされれば、私たちは大声で反論する。それが今では当然の人間の権利だと思われる時代でもある。

しかしそんなことはできたら超越したいものなのである。自分の生き方を持っている限り、それがいけないと言われても、変更する理由がないのである。

しかし現在、人間が関心を持つのは、風評であり、評判であり、金であり、時にはただ何でもいいから有名になることなのだ。どんな行動でも、立居振る舞いでも、道徳の範囲でも、世間がやるならやっていいのである。その結果、じつに薄汚い主婦の売春とか浮気とか万引きとか、学生のヌードモデルとかAV出演とかが、名前を隠せばいいほうで、時には堂々と本名で披露される。

人がするからいい、のではないのである。人がしてもしないし、人がしなくてもする、というのが勇気であり、品位である、と私は教えられた。しかしそういう教育をしてくれる人に出会うことはめったになくなった。

「悲しくて明るい場所」

人がいっせいにあることを口にするような時には、すでにそこにいささかの流行と誇張の部分が発生したと見なして、私は自動的に用心することにしている。

「悪と不純の楽しさ」

傷口から腐臭を漂《ただよ》わせている十七歳の娘がいた。彼女は昔風に言うと、簡単服とでも呼びたいような粗末な服を着ていたが、その幾何学《きかがく》的な模様の生地には、信じられないことにフランス語で「失われた希望」と書いてあったのだ。

「これは、どういう服地なんでしょうね」

と私は呆気《あっけ》に取られてシスターに尋ねた。すると詳しくはわからないのだが、どこか生地のメーカーが、安く放出してくれたものを、貧しい人たちに配ったことがあるのではないかという。それにしても、豊かな社会の若者たちがパロディーとして使うのでなく、真実貧しい社会で、「失われた希望」という文字をわざわざデザインとして採用するメーカーというものも、この世にはあるのだ。病人に「私は病気です」とか、老人に「私はおいぼれです」という文字を染め抜いた寝巻を着せるようなものだろう。しかしその場合でも、もしこの娘が文盲で字が読めなければ、それは彼女を直接傷つけることにはならない。おかしなものだ。教育するということは、時には確実に不幸の種を増やす。もちろんそれでもしなければならないことなのだが、私たちは何をするにも、自分がいいことをしているという信念を持ったり、ヒューマニスティックな仕事をしていると思い上がるべきではない。

「神さま、それをお望みですか」

しかし人間は悪いことだけカウントされる。いいことはすぐ忘れられる。

「近ごろ好きな言葉」

その人の肩書きに惑《まど》わされないこと

ある会社の部長に、社の内外の人がお辞儀をするのは、その部長が一つの権限を持っているからだ。多くは、ビジネス上の権限だから、儲けと密接な関係にある。そんな理屈が見え透いているのに、いばらせてもらうことがじつに好きな男が世の中にはたくさんいて、当人にはその滑稽《こっけい》さが見えていないのだから困ったものである。

（中略）

正確に言えば私たちすべてが仮の姿で生きている。子供を失えば私たちは父でも母でもなくなる。先生と呼ばれるのは教室の中にいる時だけで、知らない町ではただの男か女である。選挙で落選すれば代議士ではなく、退官すれば裁判官でも詐欺師《さぎ》に間違えられる。

仮の姿である自分をいつも認識して生きるほかはない。その意識が謙虚さにもなれば、感謝にも笑いにも自由な精神にもなるのである。「自分の顔、相手の顔」

つまり私はこの世で見える善悪は、すべて半分しか信じずに済んだのである。悪い人だ、と思えても、私たちの知らないところで、その人がどんなにいいことをしているか知らないのだから、私たちは決定的に否定してはいけない。仮にその人を否定する時でも、部分的な否定に留《とど》めることができる。

反対にその人が外面的には偉い人のように見えても、それは神と同等の偉さではない。その人にもかならず影の部分があろう。さらに、私たちは他人の拒否すべき要素をわりと明快に指摘するが、それも時間が経ってみると、その拒否した部分に意味があることがわかるようになって来る。しかもその暗い部分は、この世の生を終わった時に、神ご自身によって裁かれるものだから、私たちは深く気にしたり、徹底的に追求したりしなくていいのである、と私たちキリスト教徒は考える。イエズスご自身が何度も、現世的に見ていわれのない扱いを受けた時、強硬に抗議したりせず「(彼らをして) させておきなさい」という言葉を好まれたことは少し聖書を勉強したことのある人なら誰でも知っているところである。

だから、その人の前に出ると、震えるほど緊張する人などあるわけがない。私たちはどんな人にも——それこそ昔風の表現を借りれば王さまにでも乞食にでも——同じような誠実を尽くしてこたえればいいだけだから、話は簡単なのである。

「悲しくて明るい場所」

私はけっして誰もが信仰を持つべきだ、などと言うつもりはない。しかし人間の視点だけで、人間の世界が見通せるとはどうしても思えないのである。私たちは地形を総合的に把握しようとする時、自分の身長だけでは足りず、かならず高《たか》見《み》に登る。それと同じで、信仰の見地から、神の視点というものがあってこそ、初めて私たちは人間世界の全体像を理解できるような気がしてならない。

「二十一世紀への手紙」

「うちの女房は美人でもないし、スタイルもよかぁないんですけどね、ほんとに生まれてこの方、噂話ってものをしたことないんです」

「珍しいね、今どきの人は、テレビの番組だってそうだけど、噂話に生きてるみたいなとこあるんだっていうけどね」

「貧しい職人のうちの娘なんですけどね、昔気質《かたぎ》の親父に言われたんだそうです。人殺ししたくなかったら、人の噂話するな、って。噂話で殺されてる人が世間にどれだけいるかしれない、って。あの女の取柄はその親父の言葉を守ったことだけですよ。もっともそれだから、駅前でずっと商売して来れたんでしょうけどね」

「アレキサンドリア」

どんな人が権力主義者か

その人が好きになったら、その人に付随してくるものは、病気も不運も係累も、すべて受け入れるものである。それに、病気も不運も係累も、けっして悪い面ばかりではない。病気や不運は避けたほうがいいのは当たり前だが、それらのものが人間を大きく育てたというケースはいくらでも見られる。ことに係累からは、私たちはたくさんのことを学ぶ。理想的な関係もないかもしれないが、私は夫の両親と住むのを嫌だと思ったことは一度もない。

（中略）

世俗的に出世したいという野心のある人と、毎日の生活の中に小さな美を見つけて行きたい人とは、ほとんど一致しない。

正義の感覚を大切にする人と、計算高い人もあまり一致しない。

政治家の素質と、作家の素質も多くの場合一致しない。

有能な役人の思考形態と、詩人の発想とはこれまた一致しにくい。

神を信じるのと、信じないのとは、本質的に対立する。

これらはどちらがいいとか、どちらが悪いとかいうことではないのである。またどちらかが高級か低俗かということでもない。それは、大福が好きかビールが好きか、というのと同じ好みの問題である。

（中略）

たった一つ避けたかった要素は、権力主義者であった。権力主義者かどうかに関しては、私は動物的と言いたいくらい素早く嗅《か》ぎ分ける鼻を持っていた。

先日もある初対面の方が、名刺を出しながら、

「私は××の方面では、ちょっとは有名な人間でして」

とおっしゃった。その事実に間違いはないのであろうし、私が迂闊《うかつ》でそのことについて知らなかったとすれば、そういう形で知らせて頂いたほうがよかった、に決まっている。しかし有名か有名でないか、より、自分は何々を長い間やって（研究して）来た、とおっしゃるほうがずっと自然なのである。そういう言葉一つに、人間の精神の姿勢ははっきりと出てしまう。「悲しくて明るい場所」

たぶん私たちがほんとうに困った時に、助けてくれるのは、けっして経済的に余裕のある人でもなく、権力者でもないのです。それは、苦しみと悲しみを知っ

ている人、なのです。そう思って私たちは友情を見直すと、また新鮮な感動を覚えるのではないかと思います。

「聖書の中の友情論」

私は母から、金銭哲学とでも言うべきものをよく聞かされた。といってももちろん市井《しせい》の一人の女が感じ取った程度のものにすぎない。私はそれが正しい真理だと思っているわけでもなかったが、私にはその程度でいいや、という感じで母の戒《いまし》めを受け入れてきた。

母は人間というものは弱いものだから、お金をいい加減に考えてはいけない、と言った。お金がないために、人は無用な争いをしがちである。少しお金に余裕があれば、親戚や友人との付き合いの中で、自分がおおらかな気持ちで損をすることもできる。しかしお金がないと、誰がいくら出したかということにいつもひりひり神経を尖《とが》らすようになる。

しかしお金は怖《こわ》いものだ、と思いなさい、と小心な母は私に恐怖も植えつけた。

人から理由のないお金を出してもらったりしてはいけない。自分のことは自分でしなさい。得をしたいと思う気持ちが起きた時は、すでにお金に関することで、事件に巻き込まれる素地ができかけているから用心したほうがいい。まとめてみるとこういうことであった。

母はお金の周辺のことも、私に教えた。人に勧められて何かを買ってはいけない。自分が欲しくて買いなさい。何にお金を出して何に出さないか、世間のしきたりではなく、自分の好みで決めなさい。決めたら、人に何を言われても、恐れないこと。

つまり母が私に教えたのは、人は自分の主人になれ、ということだったのだろう。あるいは、人間は能動的になるべきであって、神から受け取る運命以外は、受動的であってはならない、ということなのである。

(中略)

母はお金の貸し借りについても私に教えた。人にお金を貸しても借りてもいけない。借金を頼まれて、その人との繋《つな》がりや、その人の状況が、お金を出してあげたほうがいい、と思われるようだったら、貸すのではなく、自分ができるだけ上げることにしなさい。

お金は貸すと、返してもらえない時、その人との友情が壊れてしまう。しかし上げたのだったら、友達が困っている時に少しでも助けられて「ああ、よかったな」と思える。

私が幸福だったのは、結婚した後、夫と金銭感覚があまり違わなかったことだ。もちろん初めのうちは小さな齟齬《そご》はあった。

（中略）

結婚して、私の小説が時々雑誌に載るようになると、私は文学に関してお世話になるようになった方の所へ、少しご挨拶の品を送ることにした。外の世間を知らない私にとっては当然のことであった。夫は「そんなことはしなくていいよ」と言ったのだが、私は「でも当たり前のことじゃないの」と疑わなかった。ところがしばらくすると、私の常識は文学の世界では通らないことがわかった。つまり私は、少しいい批評をしてもらうと、すぐさっとものを送りつけてくる抜け目のない奴、とどこかで思われかけているというのであった。

私は少しショックだったが、これは一面ですばらしい解放であった。つまり私は大喜びで、以後いっさいの盆暮れのご挨拶をやめてしまったのである。自分は中止する決断がなかなかつかなかったけれど、人に言われて止めるのなら簡単なものだ。これだけでも、私はずっと身軽な人生を送れるようになったのであった。

「悲しくて明るい場所」

私の若い時のノートに「純を愛しても人を困らせ、不純を愛しても社会を困らせる。どちらにしようか悩まない人が一番怖い」という意味のことが書いてあった。

健康は他人の痛みのわからない人を作り、勤勉は時に怠《なま》け者に対する狭量とゆとりのなさを生む。

優しさは優柔不断になり、誠実は人を窒息させそうになる。

秀才は規則に則《のっと》った事務能力はあっても、思い上がるほどには創造力はなく、自分の属する家や土地の常識を重んじる良識ある人はけっしてほんとうの自由を手にすることはないのが現実である。

いかなる美徳と思われていることも完全ではないことを知ると、人は何をやっても、自分が百パーセントいいことをしている、という自覚を持たなくなる。それが大切なのだ。

「二十一世紀への手紙」

弱みを見せるつきあいかた

自分が風邪引くと旦那さんのことも何もしてやらない。旦那さんも文句言う人じゃないから、その点は平気なのよね。でもおかしいのは、旦那さんは旦那さんで、駅でお弁当買ってくる時、自分が食べたいものを一個だけ買ってくるんですって。奥さんの分は買ってこないの。

猫だったらそんなこと平気ですけどね。人間はそういう時ひどく辛いものらしいのね。でも奥さんはもう傷つかないことにしたんですって、自分は自分で食べたいものを買いに行って、ご主人という人はいないものと思えばいい。

ここの旦那さん、って人おかしいのよ。めったに病気しないの。まるで自分が病気すると、妻に報復されるのを恐れて頑張っているみたい。

でもそんなことないんですよ。原口の奥さんは旦那さんが病気になったら、ちゃんとお粥《かゆ》も煮れば、熱いお茶も入れますよ。それは日本の妻はそうすべきだからでもなく、自分が優しいからでもないんですって。夫と同じような幼稚な人間になったら、せっかく生きたこの人生を失敗することになると思うからなんですって。心憎いことを言うじゃありませんか。

「飼猫ボタ子の生活と意見」

それは私が結婚する時に、もっともはっきりと現われたのであった。普通、結婚の時には、人は何とかして体裁《ていさい》を作ろうとする。まず見合いの日には、娘たちはせいいっぱいきれいに見せようとする。身上書には、家族のすべてが健康でいい学校を出て、社会でもしっかり働いているということを書く。

しかし私はそうではなかった。三浦朱門《みうらしゅもん》が私と結婚してもいいと言った時、私は自分と自分の家庭の悪いところをまず並べ立てたのであった。

私はひどい近視であった。五十歳の時に手術を受けて視力はよくなった筈なのだが、幼い時から見えるものを記憶するという訓練を自身に課することが出来なかったので、今でも人の顔を覚えるという能力はほとんどない。日本中の人が皆ネーム・カードをつけて歩いてくれたらどんなにいいだろう、と思っている。その人の存在自体を覚えないのではないのである。その人の語ったこと、その人の思想、特徴、特技、すべて私流に記憶している。しかし顔だけ覚えない。

私の家は、父母が不仲だったから、家の中は冷たいものであった。家庭の団欒《だんらん》などという言葉は娘時代の私には縁がなかった。いかにも穏やかに見える瞬間はあったが、それも気まぐれな父の気分一つでいつ変わるかわからない、という恐怖に私は絶えず脅えていた。じつは私はそういう火宅《かたく》のような家そのものを恥じていたのではないような気がする。しかし結婚する相手が、妻には当然のように、温かい優しい家庭に育った娘を期待し――ということは、すんなりと育ってひねくれていない性格を求めているとしたら、私はその期待に反していた。だから正確にそのことを告げて、相手がそれでもいいかどうかを考えてもらわなければならない。

そういう意味では、私は正直であった、と言っていいだろうか。いや、それは少し褒めすぎのような気がする。私はつまり、後からクレームがつけられるのが怖かったのである。骨董屋《こっとうや》に行くと十枚揃いの小皿などに「少々キズあり」などと書かれた札がつけてあることがあるが、私はああいう小心な心の持ちようが好きであった。「悲しくて明るい場所」

そもそも癪《しやく》にさわることは、世間にいくらでもあるのである。それに対応して破壊的な行動に出たいと思う衝動くらいなら、誰もが体験していることだろう。ただそういう時、普通の人は、みみっちく心の始末をつける。ぷいと数時間いなくなってしまう人、口をきかなくなる人、やけ酒を飲む人、不貞寝《ふてね》をする人。衝動買い、やけ食い、長電話、面当《つらあ》て不倫、というのさえあるのだそうだ。しかし多くの場合、決定的なことにはならない。それは多くの人が、耐えるだけの健康、と、精神のいい加減さを持っているからなのである。しかし、そうでない人もいる。異常の領域に踏み込んでしまう短気も弱さも厳密さも、すべて遺伝子のせいだ、ということなのかもしれない。

（中略）

人は耐えられる限度を越えると、その瞬間、高圧電流が流れるように、価値観がまったく変わることがあるそうだ。その時には、もう自分の生涯を捨てることくらい何でもなくなる。私にはその気持ちもよくわかる。

（中略）

誰が悪いのではなくても、こうして悲劇は起きてしまう。人に優しい社会を作るのが最近の流行なのだそうだが、人に優しいというのは、たとえばこういう傷ついた家族と、以後何ごともなく普通に付き合うことだろう。

「近ごろ好きな言葉」

母が、漠然と私に教えてくれた品位というものは何だったかと考えると、「我がちに」という態度を許さなかったことのような気がする。

人が「得なこと」を求めていっせいに走り出す時は、お先にどうぞ、と脇へどきなさい、ということであった。だから、私の学校時代のアダナが「ミス・ノロ」だった時代もある、何でもやることが人の後になる。今の私は、自分でも早足でせかせかと歩くおばさんだと思うが、当時は、一番後から出口を出て来るのが私だったというのである。

「我がちに」を嫌うと、波に乗れもしないが、波に呑《の》まれることもない。レディメードの服を買って着る私は、時々思いがけず流行に乗れることもあるので、喜んでもいるのだが、一方で「人のやることは大体においてやらない」ということにしている。

「悲しくて明るい場所」

「許す」ということ

神父さま、愚痴を言わない、恨まない、感謝するというだけで、その方は、存在の香気を放たれるものですね。私はその時まで、そんな単純なこともわからなかったのです。

「湯布院の月」

ほんとうに、人生では慰めなどというものは、あり得ないのかもしれません。その人にしか、その苦痛はわからないのです。子供や夫の苦痛を分け持ってやりたいと思っても、いかなる母も妻もそれができません。

「近ごろ好きな言葉」

一口に四時間以上というけど、相手があって、話でもしながらの四時間なら大したことはない。しかし一人で四時間以上を待つのは並大抵ではない。

でもあの実直な従兄は待っていたんです。後で、従兄が語ったことなのですが、息子と久しぶりに顔を合わせた時、従兄のほうから『やあ、○○か?』と名前を呼んだそうです。そうしたら『今までいたんですか。もういないかと思いました』と息子のほうが言った。するとあの従兄が『十二時でも、一時でも待っていたさ』と胸を張った。私から言わせるといささか子供じみた表現だけれど、息子のほうは、それほどお父さんという人は、自分に会いたくて待っていてくれたのかと思ったらしいね。

人の和解のきっかけなんてそんなものでしょうか。よかったと思っています。まあ、今までどおりの暮らしが続くわけだけれど、父と息子は付かず離れず、会うことになるでしょう。そして僕ははたと気がついたのですが、君だって気にしてくれていたんだから、この喜びを報告しなくてはいけないような気がしたのです。

待つことができるというだけでも、たぶん大きな美徳なんだね。僕はその点だけでも従兄に劣《おと》る。僕にはその才能がありません。僕だったら、せいぜいで二時間待ったら諦めて帰ってしまっただろう。僕はどこか基本的な優しさに欠けている。そう思わされました。

「アレキサンドリア」


許すということほど、人生でむずかしいものはない。

（中略）

我々「普通の人」に許しを可能にするのは年月しかない。時間というものは、何という偉大なものかと思う。

「狸の幸福」


神父さま、どんなにしたところで、盲人の根本的な不幸を取り除くことはできません。私は昔片目を医者の不適切な処置によって失った方が、

「ええ、僕は、医者を殺していっしょに死のうかと思ったことがありますよ」

と明るく言われたのを知っています。この方は穏やかな洒落《しゃれ》た都会の不良青年という感じの人物でしたから、何時《いつ》もユーモアを失わず、もうその時には、殺意は記憶の片々として残っているだけでした。

しかし眼の見えなくなった方のほとんどが、自殺を考えたことのあることを、私は知っていました。

「何年間くらい、そうでした?」

と私は不作法に聞いたこともあるのです。すると三年と言う方もありますし、五年、とおっしゃった方もあります。私はそこでも考えたのです。もしそういう方が、巡礼に来てくだされば、もしかすると、その旅の期間だけはもの珍しさと周囲の優しい人たちへの気兼ねから、少なくとも自殺を実行しないで済むかもしれない。そしてもし、二週間が何事もなく過ぎれば、それだけ自殺の願望は減ってくる。その二週間のために、私は働きたい、と思ったのです。それくらいしか私たちは、重大な不幸から再起しようとしている人をお手助けをすることはできないのです。「湯布院の月」

それは一人のスペインの母の話である。その人は、一九三六年から三九年まで続いたスペイン市民戦争の時、夫を殺された。後には数人の子供たちが残された。

「私たちはお父さまを殺した人を許すことを、一生の仕事としなければいけないのよ」

とこの母は言った。おそらくその言葉は、愛する人を奪われた彼女自身が、必死で自分に言い聞かせる言葉だったのだろう。しかしそれは、偉大な言葉だった。望ましからざる事件を、ものの見事に望ましきことに変質させようとする、人間の最高の芸術であった。「悪と不純の楽しさ」

私はかなり感情的で、リクルート問題では、一度でも「妻が、秘書が」と言った人は、金輪際《こんりんざい》人間的にダメだ、と思っている。なぜなら、そういう卑怯《ひきょう》さは、その時、突然出てきたものではなくその人の中に前々からあったものだと判断するからである。男らしく、妻や秘書のしたことでも「知らなかったとしても私の管理不行き届きです」と言える姿勢がない人には、人を率いて行くことはできないと思い続けている。「狸の幸福」

本物と偽物の見分けかた

その宗教が本物かどうかを見分ける方法については、前にも書いたことがあるのだが、多くの方がご覧になっているわけもないので、もう一回書くと、

(一) 教祖、指導者が質素な慎ましい祈りの生活をしているかどうか。

(二) 自分が生き神さまだとか、仏の生まれ変わりだとか言わないかどうか。

(三)　宗教の名を借りて金銭を集めることを強要しないかどうか。
(四)　宗教団体の名で、選挙と政治を動かすような指令を出さないかどうか。
この四つが正しく守られていれば、それはおそらくまともな宗教であろう。

「自分の顔、相手の顔」

人間の老化度を計るのに、「してくれない」という言葉をどれだけ頻繁に使うかだ、と私は言ったことがあります。これを「くれない度」と言うのです。人がしてくれないことを言うより、私たちは自分がすればいいのですが、私もかつてはしてくれないことを悲しんだこともありました。このごろやっと少し他人がしてくれるだろう、と期待する気持ちを持たなくなりました。それも立派な理由からではありません。もうどうでもよくなったのです。めんどうくさくなったのです。これは完全な老化の特徴のような気がします。

「湯布院の月」

私たちの誰もがセンセイショナルなこと、悪人を決めるのが大好きなのだ。自分の家族や知人のでない他人の死にはそれほど傷つかず、動物の死や傷は人間以上にかわいそうがり、遠い土地のダムが決壊すれば退屈しないで済む。

「近ごろ好きな言葉」

長く生きるということはおもしろいのだろうと思う。カルマン夫人は初めて電話というものができた日も、飛行機という怪物が空を飛んだ日も、映画ができた日も知っている。今彼女はほとんど眼が見えない。耳もひどく遠い。指の感覚もかなり失せている。しかし鼻はよくきき、毎日の食事、とくに好物のチョコレートを食べるのが楽しい。

「私はきっと笑いながら死ねるわよ」

と彼女は言う。

老人ばかりではない。生きる人の姿勢には大きく分けて二つの生き方がある、と私はよく思うのである。得られなかったものや失ったものだけを数えて落ち込んでいる人と、得られなくても文句は言えないのに幸いにももらったものを大切に数え上げている人と、である。そしてカルマン夫人は間違いなく自分が得たものを忘れない人なのだろう。自分の得ているもので幸福を創りだす力こそ、芸術というものだ。

「地球の片隅の物語」

贅沢《ぜいたく》な一生かどうかは愛のあるなしで決まる

最後に残すべき大切なものは「愛」だけだといったら、また歯の浮くようなことを言うと嫌われそうだが、死ぬ時に、人間としてどれだけ贅沢《ぜいたく》な一生を生きたかは、どれだけ深く愛し愛されたかで測ることになる。愛は恋愛だけではない。男女の性の差も、身分を超えた、関心という形を取った愛の蓄積である。それ以外のものは大地震の時の陶器のようにぶっ壊れる危険に満ち満ちているから、とてもカウントの対象にはならない。

最近、日本人は現世に人間の力でもどうしても解決できない問題があることを忘れてしまった。不幸の原因は、社会の不備から出るもので、それは政治力の貧困が主な理由だと考える。だからいつかは、その不備を克服できるはずだ、と思い上がりかけている。

エイズやダロア腫れ物《おでき》がいつからどうしてその存在を知られて来たのか、私は正確には知らないのだが、いつの時代にも、私たちは持って行きようのない不幸と不運というものの存在に直面するだろうと思う。そうなったことが、誰の責任でもない、ということがあり、そのような不運を受ける人と受けない人との間にはまったくの偶然しかないことを悟《さと》る。

その不法を唯一克服するかもしれないのは、「いたむ」という思いだけだろう。もちろんそれだけで相手を救えるわけではないが、共に泣いてくれる相手を持つだけで、人間は孤独でなくなる。私はアフリカに行く度に、襟《えり》を正して帰って来る。

「流行としての世紀末」

人を賛美するというのはじつに楽しい感情だ。その人の存在によって、確実に自分が幸せになれた、という人が、誰の生涯にもかならずあるものだ。私にもじつにたくさんの恩人がいる。そのうちの数十人は直接の知人だが、残りは私のようなファンがいることもまったく知らない人である。昔は、恋にもそういう姿勢があっていい時代だった。相手にこちらが好きだったことなど、一生知らせずに終わるのも粋な生き方であった。

「地球の片隅の物語」

「いいね、花火は一人でこっそり楽しむんじゃないからけちでないよ。皆に喜びを分けるわけだ」

と現実的な竹田も言う。

「しかも、これは俺がスポンサーだなんて、名前入れるような無粋なこともないからね。皆が自分の喜びを出し合って、見る人はそれが誰から贈られたものかも知らずに楽しむのがいいでしょう。それもほんの一瞬だからね」　「極北の光」

確かに人生では、脅しがきくこともないではありません。しかしそれよりもっときくのは、自分が見守られている、支持されているという実感です。友達も親も兄弟も自分を信じて期待して待っていてくれる、と思う時、さぼっていた心も奮起するのです。　「聖書の中の友情論」

人は少し貧しく、少し閑《ひま》であることが必要なのだろうか。そうでなければ、どのような優しさも示すことができない。日本人は誰もが時間的に忙しいので、私はこの手の基本的な優しさを見ることがめったにないのである。忙しさを誇るなどというのは、思い上がりもいいところなのである。

「近ごろ好きな言葉」

男が女の歓心を買うために言う言葉、ちょっとした愛の仕草、それらはすべてうまくわかって使えば、楽しい社会の潤滑油になるのである。「君はきれいだね」と言われたら、自分ではブスだと思っていても信じるふりをして「ありがとう。嬉しいわ」と喜んで見せながら、信じないことが人間の賢さなのだ。

男との間の危険を避ける方法も知るべきだ。しかし危険な関係になってもいいと思ったなら、自由な女性として、敢然と、自分の責任において、冒険を楽しめばいいことである。しかしその結果を、セクハラを受けただの、偽証を要求されただのと言うのは最低だ。女のもっとも嫌らしい女らしさが出た話である。こういう女性が、男女同権の足を引っ張っているのだと私は思う。

（「週刊ポスト」98. 2. 13　昼寝するお化け）

あの人はいらない、という人はありません。

「聖書の中の友情論」

生活を、辛い義務と思えば辛いのだろう。しかしおもしろい、と思えばやることはいくらでもあり、うまく行った時は、かなり贅沢な思いにもなれる。義務を趣味にする魔法である。

ことに男性が、一人では何にも暮らせないようになっている状態こそ、残酷なものだ。昔風の、男子は厨房《ちゆうぼう》に入るものではない、などという思想は、ほんとうに困ったものである。人は男であろうと女であろうと、基本的には一人で生きて行けなくてはならない。それができない人は、「自由人」ではなく、一人になったらどうしようかという恐怖に捉えられている「不自由人」である。

「流行としての世紀末」

7

代価を払ってこそ手に入る関係

もし人をほんとうに愛したのなら、人は相手の弱点も受け入れるものです。だから欠点のない人は、ほんとうの愛を見つけられない恐れもあります。

「湯布院の月」

もちろん夫以外の男に心引かれることはあるだろう。その時には、夫にはっきりと告げ、無一文で追い出される覚悟で、新しい愛に殉ずるのが好きなのである。離婚は、私の信仰上からは認められないものであったが、私は相手を騙《だま》し通すより、どれほどいいかしれないと考えていた。

何をするにも、人間はその代価を払わなければならない。新しい愛ができたなら、そのことを詰《なじ》られ、辛い目に会い、世間から糾弾され、後ろ指を指されても、その愛を全《まっと》うする。それだけのことができるなら、私は離婚しても、神に対して自分の新しい愛を公然と顔を上げて報告できる。しかしこっそりと浮気するくらい、薄汚いことはない、というのが私の感覚であった。

「悲しくて明るい場所」

病気が真の意味での「見事な憐憫《れんびん》」を表わすことはごく普通の状況である。「憐憫」という言葉は、他人を憐れむという意味に当たることが多いようだが、それはけっして相手を下に見ているということではないだろう。憐れむという場合、自分を憐れむこともあるし、情けをかけるという意味であれば、それは、感情の水平移動である。

自分が大切に思う人が病気になり、その回復を願う時、人は自然に良きことをしたいと願う。こういうことをいたしますから、あの人を助けてください、と一種の取引を申し出る。取引と言ってもけっして浅ましい気持ちのものではない。せめて何か犠牲を払わねば、願っていることを只《ただ》で叶えて頂くのは申しわけない、と律儀に思うのである。私はこういう律儀さが好きでたまらなかった。普段は無神論を口にしながら、子供が山で行方がわからなくなったり、妻が病気になったりした時、急に助けてください、と神仏に祈り出すよりは、ずっと信用がおける。

「神さま、それをお望みですか」

楽しいだけの友情は成立しない

今はすぐに「知る権利」ばかりが言われるが、個人にも組織にも「知られない権利」と「知りたくない権利」とは依然として残っているだろうと思うのだ。その点については、誰もほとんど言わないのが不思議なのである。

人には、理由がなくても、他人には見せたくないというものがある。日記などはその最たるものだろうか。別にその中に夫に隠してよその男と逢っていたとか、誰かに対する殺意や妬《ねた》みを書いてあるわけではない、としても、日記などというものは、普通の神経なら（小説家は知らないが）他人には見られたくないものである。

外《ほか》にもまだその手のものはいくらでもある。

どの会社にも、社外には秘密にしなければならない技術的な部分がある。あらゆる警察や軍隊は「知らせない権利」の元に成り立っている。戦力というものは、ある場合はないように見せ掛け、ない場合にはあるように見せ掛けるのが、当然の戦略なのだから、ここでも「知る権利」など当然拒否される。

「近ごろ好きな言葉」

平和の実現は、多くの場合、人と同調することではなく、抵抗することから生まれる。

「自分の顔、相手の顔」

「しかし、あなたたちに言っておく。友人だからということで、起きて、何も与えることはしなくても、そのしつこさのゆえに起きて、彼が求めるものをすべて

貸すに違いない」（「ルカによる福音書」11・8）

多くの人が、自分は友人に親切だと思っています。しかし彼らも、親切を尽くすことで、ほとんど自分は何も傷ついていない。ほんとうの友情は、自分がそのためにいやな日に遭うことも含まれているのだと聖書は言うのです。何の犠牲も払わずに、ただ楽しいだけで、友情がなり立つと思ったら、それは甘い考えなのでしょう。

それにしても、聖書が「しつこさ」をむしろいいこととしているのにあなたは驚かれたでしょう。日本人はしつこいことを悪いこととしていますが、ほんとうに中近東からアフリカにかけて、しつこいことが悪いことだ、という考えはないようです。聖書は、人類学、社会学の知識も私たちに伝えてくれるのです。

「聖書の中の友情論」

日本人は寄付をしない人が多い、ということを言う人もいた。人生で感激したら、そのことのためにせめてお金を出すということは、人間的な所業である。私は自分がやっている海外邦人宣教者活動援助後援会という小さなＮＧＯの組織で、個人からだけで年間五千万円近くもの寄付を受けているので、この説には時々反対を唱えたくなるが、日本人が署名運動やデモに参加するのは、金を出さない代償だ、という説にも少し賛成である。ユダヤ人は「同志《ダミーム》」とは「血か金を出す人」と規定した。そのことのために自分も命の危険を承認するか、自分が辛いほどの金を出す人だけが、同志といえるのである。日本人はせいぜいでお余りの心か金を出すのが普通なのだ。

「ほくそ笑む人々」

匿名《とくめい》は逃げの意思表示である

匿名《とくめい》批評をしたり、デモの時覆面をしたりするというのは、自分の言行の結果を引き受けない、という逃げの意思表示である。それは無責任な暴徒の心理と同じである。こういう態度は、その人の基本的な生きる姿勢に深く影響を及ぼすから、私は自分の子供に、匿名でものを言う人になってほしくない、と願ったのである。

もっともたった一つ、匿名が別な意味を持って麗《うるわ》しくなり得るケースがある。それは、匿名で人を褒める時である。だから、私がやってもいいと思うのは、けなす時は署名入りで、褒める時は匿名で、という形を取ることである。

私は命が惜しいから、あることを書くことによって、命を取られたり、投獄されたり、拷問を受けたりするような社会状況にでもなれば、恐ろしくてすぐさま沈黙するだろう、と思う。人は誰も他人に向かって、命と引換えに勇気ある行為をしろ、とは言えない。そういう場合、勇気ある人は命を的《まと》に地下に潜ってゲリラ戦術を使うが、そんな勇気のない人は、ただ黙ってひっこんでいる、ということになる。

私が今でもわからないのは、覆面をしたデモである。

いいことをするのに、なぜ顔を隠すのだろう。明るくニコニコして、マスコミにも公然と名を名乗り、何度捕まっても自分の信念を述べ続ける戦術にどうして出ないのだろう。そうすれば、その人は、自分の信念を広く世間に示すことができる。マスコミにも人気が出るに違いない。自分の将来も仕事も投げうって、信念のために国家権力に噛《か》みつき続けるということが、人の心を動かさないはずはないのである。

なぜ顔を隠すのかというと、デモにも加わりながら、大学も無事に卒業し、できれば有名な大手の会社に就職して、出世もしたい。あるいは今の職場に、デモに行っているという行為を知られたくない、という不純な意図があるからだろう、としか思えないのである。

「二十一世紀への手紙」

金持ちが金に不自由していることは、それほど珍しいケースではない。人は自分で働いた金しか自由にならないものだ。だから真の自由人は、自分で働いた金を使う。自分で金を稼げるのに働かない人間や、人からもらった金で生きようとする人は、自由を得る資格が元々ないのである。

「アレキサンドリア」

誰もが何かできることをする、というのが、その秘訣である。それに金銭をからませてはならない。金銭で解決しようとすると、文句が出る。

人は自分が必要とされていると思う時幸福になる。

「ほくそ笑む人々」

私たちの成功の最大の秘訣は、けっして大手の会社や他の組織からの寄付を当てにしなかったことだった。寄付金が免税の処置を受けられるようにすれば金が集まるだろう、という考えほど、大きな誤謬《ごびゅう》はない。私たちは初めから、「金持ちと会社は、金は出さないものだ」という真理を知っていた。仮に一度出すことがあってもそれはお義理だから、金持ちと会社は、少しでも出さなくて済む口実が見つかれば、即座に寄付を止めるのである。

しかし真心で繋がっている人たちはそうではなかった。彼らが出したお金は、重い実感を伴うお金であった。もしそれがあれば、何を買うことができ、どこへ遊びに行けたかということの実感を伴うお金であった。

その犠牲の実感に対して、神はきちんと報いていた、と私は思わざるを得ない。貴重な金を差し出した時、彼らは引き換えに満足の手応えを得たのであった。会社の経理が、会社の寄付として百万円、あるいは一千万円、あるいは一億円を出したとしても、けっして感じ得ない与える者の幸福を、彼らは一万円を差し出すことによって充分に手にしたのである。

惻隠《そくいん》の情からなけなしのお金を差し出すのは、いつも庶民であった。なぜなら庶民はいつも貧しさが苦しいことを知っているから、景気の善《よ》し悪《あ》しにかかわらず、ささやかな援助をけっして止めることはなかった。バブルが弾《はじ》けて不景気になって、金が全然集まらない、などという募金の話を聞くと、私たちはじつに不思議でならなかった。

「神さま、それをお望みですか」

人は何を結婚の理由にしてもいい

人は何を結婚の理由にしてもいいのである。

世間には、どうしても美男好みという女性もいる。

「あんなにやけてるだけで、知的でも何でもない人のどこがいいんでしょうね」と傍《はた》が言うことではない。背が高くないと嫌だという人。どうしてもスポーツマンがいいという人。音楽がわかる人でないと困るという人。お金持ちがいい、というのはまあ平凡な選択だし、長男でない人、というのも、ちゃっかりして計算のうまい人である。

しかし何でもいいけれど、私の実感としては、希望の順位だけははっきりつけておいたほうがいいと思う。お金持ちで、家柄もよくて、背が高くて、次男で、いい学校を出ていて、お仕事も有望な人、というのでは実現性がない。お金持ちがいいなら学歴を捨てるか、親つきであるのを承認しなければならない場合も多い。

その一つを求めて、後のことはいっさい捨てるべきだと私は思う。たぶん一つだけを求めて、後を捨てることを、もしかすると恋愛結婚というのである。

その一つは何でもいい。

（中略）

私は昔からパーティーというものも、どうしても好きになれなかった。一見そういう場所に出るのが好きそうだと見てくれる人は多いのだが、私の嫌いなもの二つは、写真を撮られることと、パーティーに出ることであった。今でも写真を主とした企画には、どうしても出られない。パーティーの招待状が来ると、申し訳ないと思いつつ、自動的に「欠」と書くことが多くなって来てしまった。しかし世間一般の風潮からすれば、パーティー好きで誰ともよく付き合う人は、人脈もでき、仕事も順調に伸びる。たぶん出世とも密接な関係にあるのである。だから、パーティー好きで人づきあいのいい人は、世間の常識からみて出世して当然なのである。

しかし私は一人一人と、ひっそりと付き合うのが好きであった。私は複数の人と同時に付き合うと、神経がささくれ立つような気がしたのである。だから私はパーティーをするのが当然の職業の人とだけは結婚できなかった。

「悲しくて明るい場所」

現在の社会の不満は、多くの場合「人と同じものを自分が与えられていない」という形で表現される。しかし「人と同じものを与えられること」は、「人と同じものを与えられない」ことと同格の貧しさであることもはっきりと認識すべきであろう。社会主義国家は、国民すべてが人民服を着ることを可能にしたが、国民は必死で自分らしい服装をしたがった。つまり「人と同じ程度になれなかったらみじめだ」というのも本当なら、「人と同じにしていたら、芽はでない」ことも本当であることを本能的に知っていたのである。

人は自己の生き方を選ぶべきなのである。そしてそれはまた一人一人に課せられた任務であり、社会を支える偉大な要素になる。人は違っていなければならない。人と同じようにしたいのだったら、何かに「抜きんでる」などという望みをやめて、まったく目立たないこと、その人がどこにいるのかわからない状態に甘んじなければならない。個性を認められる、ということには孤独と差別に満ちた闘いを覚悟するという反対給付がつく。

「二十一世紀への手紙」

人脈は人脈を使わなかったからこそできた

「あの人は評判の悪い人だから、付き合わないほうがいいわよ。あなたもそういう人だと思われるから」という注意を受けたこともある。

しかし夫でも父でもなく、息子でも兄でも愛人でもない人の評判など、どうして私は気にしなければならないのだろう。その人の知り合いや友人だから、ということで、私もその人と同類だと思うような単純な人なら、むしろ私はそちらのほうの人と付き合わないほうが無難なのではないだろうか。私は世間の誤解や雑音を覚悟の上で、付き合いたい人と付き合って来た。人生はすべてのことに代価を払わなければならない。それが強い個性のある友人を持てた第一の秘訣ではないかと思う。

（中略）

よく人脈というものが、重要な財産であるかのような言い方をされることがある。そして人脈を作るにはどうしたらいいか、という方法などが特集されている雑誌も見たことがある。

しかし、これだけははっきりしている。人脈などというものは、それを利用する気がなければ、ほとんど必要ないものなのであろう。それを手蔓《てづる》に商売したり、政治家として票を集めたりすることにでもなれば、確かに人脈と呼ばれるほどのものがいるかもしれない。しかし私たちが、市井《しせい》の一隅で、普通に自分の力だけを頼んで生きる分には、とくに人脈など要りはしない。子供はその成績に応じた学校に入り、その年の経済によって多少の運・不運はあるだろうが、ほどほどの会社に自分の力で就職もできるであろう。大会社には、大会社のよさがあるだろうが、私の周囲にはまた大会社など入らなかったがために、伸び伸びとした人生を送れた人というのもたくさんいる。

それでも、私たちは、他に多くのことで「困った立場」に立たされることがある。病気になった時、どういう医者に見てもらったらいいのか。年老いた親の世話が手に余るようになった時、どういう解決の方法があるのか。子供が登校拒否になった時、どうしたら親子の自然な関係を回復できるか。

たとえばそれらの問題を解決するために手を貸してくれるのは、心理的にも空間的にも私たちの身近にいる友人や知人たちであって、けっしていわゆる「人脈」と呼ばれるような人ではないのである。

皮肉なことに、おそらく人脈というものは、それを利用しようとすると、人脈そのものもできないものなのである。人脈は、それを利用しなければ、自然にできる。

（中略）

友人の本当の出番は、相手が何らかの意味で、不幸に出会った時だと思う。健康で、順調に暮らしている時には、ほっておいてもいい。しかし相手が肉親を失ったり、病気になった時こそ、友人は出て行くべきなのである。目的はたった一つ、ただその人と一緒にいるためである。時間というものは偉大なものだ。一日、一週間、一年が経つごとに、心の苦しみは少しずつ苛酷でなくなって行く。その過程にできるだけ立ち会うことが友人の役目なのである。

「悲しくて明るい場所」

8

どうすれば他人の生き方が気にならないか

他人の暮らしはすべてすてきに思える。しかし皆ほんとうの生活を覗けば、円満でも、大して幸せでもない。（大阪新聞連載コラム 98.1.7「自分の顔 相手の顔」）

他人の生き方が気にならないためには、自分の生き方が、確実な選択のもとにある、という確信が要ります。

べつに正しい生き方をしているという絶対の自信を持てということではありません。こう生きるより仕方がない、という程度の見極めでいいのです。たとえ貧乏をしていても、たまたま裕福であっても、その人にとってよく合った暮らし方というものはそうそう多いものではありません。自分にとっていい生き方というのは、けっして他人と同じに生きることではないのです。

おもしろいことに、自分の生き方についても年齢によって考え方が違って来ます。

もしその時々で、私たちがだいたいにおいて納得した暮らしをすることができているなら、それは、最高の生活をしていることになります。そして満たされている暮らしをしている者が、他人を羨《うらや》むことなどあり得ませんし、そうなれば、お互いがお互いのあるがままの立場を素直に理解して付き合って行けるはずです。

「聖書の中の友情論」

まず「自分があること」が肝心

人間は普段から信じきっている価値を狂わせられると、怒る人と、爽快な気分になる人とがいるらしい。私はどちらかというと後者で、そうなる理由は、私が無責任だからである。怒る人は、責任感が強くて、新しい事態に自分がいつも十分に関与していて、しかもいいアイディアを持っていると思うから、行く先をはばまれると怒るのである。

しかし私は、たいていのことは自分とは無関係だと思っている。自分の家の台所や猫の額《ひたい》ほどの庭の菜園の管理に関してはひどくうるさいが、自分の所属する団体の運命、日本の運命、二十一世紀の地球の運命など、正直なところどうなっても知るところではない、どうせその頃、私はもう死んでしまっているのだから、どうでもご自由に、と思っているのである。

「七歳のパイロット」

神父さま、人間にはどうしても譲れないことと、譲れることがあります。人間の根本的な思想に関わることは、譲れない場合も多いのです。

「湯布院の月」

自分の生き方や進む方向を、他人や、組織や、社会や、国家に決めてもらおうとする姿勢ほど危険なものはない。自分一人で生きることが、生命の危険を招くような状況では、徒党を組まねばならない場合も生じるかもしれないが、内なる戦い、というものは常に一人で闘うべきものだと、大人は青年たちに教えねばな

「二十一世紀への手紙」

らないのである。

昔から、私は誰かと共同作業をするのがどうしても苦手な性格であった。それがいいと思っているわけではないが、仕方がない。そこで、一人でできる作家という仕事を選んだのだが、アメリカなどに行くと、日本よりもっと、社交的であること、コミュニティーに交《まじ》わること、皆と一緒に楽しむことがいいこととされているので、当惑することが多い。アメリカでは、行動する女たちも、やはり文句なくいいことをしているつもりらしく、夫たちも表向きは支持している。こういう空気にも私はついていけないのである。

私はフェミニズム運動というものも、集団でやるという点において体質的に嫌いである。そしてフェミニズム運動に、むしろ差別的なものを感じている。

同性が、社会の下積みになっているのを放置していいというのではない。私は結婚生活においても社会生活においても、「男がしていいことがどうして女に悪いのよ」という単純明快な論理を押し通して来たつもりなのである。しかしとにかく、私は団体でものを言うことが嫌いな上、女だけがフェミニズム運動のために集まるという光景も、不自然だから好きになれない。人間の生活の形態は、男も女も、老人も子供も、適当に混ざっている、という状態が普通だから、女だけが集まる場所というものを、異様に感じる。だから私は「女性の」と但《ただ》し書きのつく集まりは、講演会でも引き受けない。男も女もない。誰もがかかえている人間としての問題があるはずだからだ。

一般的に見ても、グループを作って権利をかち取るという形は、実力ではない。むしろ悪い意味で非常に女性的なやり口であろう。フェミニズムは、そこに女性がいなくてはやっていけない、むしろ女性にそのことをうまくやる人が多い、という形で達成することだ。

人間は実利的なものだから、女がいてくれることのほうが仕事もうまく行き環境もよくなるとなったら、誰もが女性にその仕事をしてもらいたいと思うし、すでにいい仕事をしている人を、女性だからといって追い出したりするわけはないのである。社会的にも、そのほうが評判がよくなるのだから、なおさらである。

「悪と不純の楽しさ」

今の世の中は、人道の名のもとに、個人の選択が狭《せば》められ冒《おか》されている。自分が臓器を上げたくないのは少しも構わないのだが、こういう人たちが上げたい人の道をじゃまするのである。

おかしなことだが、この臓器移植問題は、ワープロ論争ときわめてよく似た形を取っているのを発見した。

ワープロを使う人は、もちろんそれが便利だから使っているのだが、使わない人を悪く言うことはしない。めいめいが好みで好きなように書けばいいのだと思っている。手書きの原稿を書く人は、今は普通、万年筆かボールペンで書くのだろうが、中には今でも筆を使っている人もいるかもしれない。皆好きなようにやればいいのである。

しかしワープロの悪口を言う人は、自分でワープロを使えない人なのである。使えない人に限って、ワープロでは文学に魂をこめることができない、などとトンチンカンなことを言う。使わないのは自由だが、機械もわからずに使う人の悪口を言うことはない。

それが何であるかわからないことに関しては、私たちは口を噤《つぐ》むという礼儀がいる。私は原発のことに関しては発言しないことにしている。どれだけどうなったら、危険かどうか、私などにはわからないからだ。

人は自分の好みだけをしっかり持ち、その範囲で発言し生きることだろう。その好みを静かに守り、その好みで相手を冒したり冒されたりしないようにすることだと思う。しかしこのルールを守るためには、静かな理性と、何より双方に勇気が要ることを、若者たちに自覚してもらう必要がある。「二十一世紀への手紙」

自分が支配する分野には立ち入らせない

誰に対しても、どの国民に対しても、変わっていると思うなとか、変わっているのを止《や》めろ、というのは、考えてみれば学問的態度でもなく、心理学的姿勢でもない。もちろん商習慣や他の表面的なことは、充分に通用するように配慮するのは当然だが、最近の日米関係は複雑で、ウラのウラ、そのまたウラもあるそうで、私たち素人が新聞で読むのとは、まったく違った視点があるという。それはたいへん結構な成り行きなのだが、庶民に示されるのは型どおりの解説だから、両国の関係を憂《うれ》うあまり妥協の姿勢を示すと、それが、長い年月には間違った知識として定着するのではないか、とさえ思える空気が漂いだした。

「日本人は働きすぎる」などというのは、まったく余計なお世話、の典型だろう。個人に対しては失礼な内面干渉、国や社会に対しては内政干渉である。日本人がどんなに働こうが遊ぼうが、それはその人が自ら選んだ範囲で納得して、好きでやっているのだから、止めることはできない。それをアメリカ人の生き方が妥当だから、それと同じように変えろと強制するという発想は、新たな植民地主義である。

「狸の幸福」

自分に自信のある人は、他人がどう言おうとほとんど問題ではない。他人の批評など、おまんまの足しにもならないものなのだ。人は、他人にも理解されるように努めるべきだが、他人から理解されなくても、ほとんど何の痛痒《つうよう》も感じなくて済むべき部分を持っているはずだ。

「七歳のパイロット」

亜季子の男の趣味ははっきりしていた。どうしても美男でなければ心を惹《ひ》かれなかったのである。その点については、ある時、亜季子とほぼ同年のエッセイストの言葉が奇妙に心に残っていた。それは「ブスほど美男が好き」という一言である。

しかし亜季子は、その言葉に怒ったりあえて反論を唱えたりしようとは思わなかった。仮に「ハゲは酒好き」と書かれた場合を考えると、そんなことで怒る酒飲みはいないだろう、と思う。亜季子は、心底から自分がフェミニスト（男女同権論者）だと意識しているから、女も男と同じで、他人の悪意のある言葉など平気で無視できるのが好きだった。傍《はた》からみて、他人の生き方や快楽の形をどうこう言うことはないのだ。また言われたからといって、怒ったり動揺したりすることもないのだ。快楽は自分が所有し、自分が支配する分野なのだから、他人の立ち入る余裕はない。

「燃えさかる薪」

本当は、教育、結婚、毎日の生活、老後、病気、死と葬式、などというものは、強烈にその人の好みに従っていいものなのである。他人がそうするから、とか、そうしないから、ということが、すなわち自己からの逃走なのである。

（「新潮45」98.4　夜明けの新聞の匂い）

私は他人が自分の金を何に使おうと、何とも思わない姿勢を持つようになった。時々、政治家とか、経済人とか、いろいろな人が、女を作ったり、豪邸を建てたり、高い絵を買ったりして、世間の悪評を買う。しかし私は、「人に迷惑をかけない範囲で、自分の金でやるのだったら、どんなことに使おうとまったくご自由」だと思い続けて来た。　「ほくそ笑む人々」

誰もがかならず大きな「仕事」を果たしている

人間は一人一人、誰とでも比べる必要がないのだ。この頃ますますはっきり思うのだが、それほど、私の見たところ、誰もがおもしろい使命を帯びて生きているのである。医師と消防士だけが人命救助をするわけでもないのだ。娼婦も酒屋さんもお風呂屋さんも赤ん坊も、知らないうちに、自殺しようと思っていた人を生に向かわせたことがあると思う。娼婦の存在がいいというのではないが、人が性によってもっとも直截《ちよくさい》に生きる目的を見つけるのはごくありふれたことである。酒に酔うと多くの人はあまり厳密でなくなるから、自分の死の理由も見失える。お風呂に入っている人間は、あまり他人や自分を殺すという情熱に没頭できない。そして自分一人では生きられない赤ん坊を見る時、多くの人は反射的に死の行為ではなく、生に向かう姿勢を取るようになる。

おもしろいものだ。

誰もが、かならず何か大きな仕事を果たしていると思うと、それでいっそう私たちは他人への感謝を持つし、自分が何かをしたという自負を持つこともなくなる。

私が自分の年を感じるのは、重いものが持てなくなったと思う時である。だから出先でお土産をもらうのが一番困る。自負も名誉も社会的責任も、何にせよ、重いものは老年の体には一番醜悪で、体に悪いのである。「近ごろ好きな言葉」

なぜなら、人間の一生というものは、じつに雑多で複雑なものであるからだ。人間はいくつもの顔を持って当然である。雄や雌の顔もある。少年のように夢に浸りたい瞬間もあれば、百円に拘泥《こうでい》する現実的な瞬間もある。そして多くの男は、息子で夫で父で祖父なのである。

それらのいろいろな姿のために、応分に時間を割いて当然なのだ。それを会社が、その人が目覚めている時間のほとんどすべてを一人占めにしようというのは、とんでもない越権だ。そういう会社にはふくよかな人材はけっして育たない。ふくよかでない人は、創造的でもなければ、ほんとうの意味でやる気もないし誠実でもないから、その会社はろくでもない社員を持って将来性などないのである。

そういう意味で未来のない会社と一蓮托生《いちれんたくしょう》しても、けっしておもしろいことにはならない。だから早いこと、転職して決着をつけたほうがいい、というのが私の判断である。「自分の顔、相手の顔」

一高女四年の安仁屋泰子《あにややすこ》は早く北部へ疎開することができた一人だったが、ある日、逃げまどう人々の群にもまじらず、一人ぽつんと道端に坐っている老婆を見た。

「おばあさん、一緒に行きましょう」

泰子は通り過ぎようとして、思わず声をかけた。おそらく栄養失調だろう、老婆は盲目であった。彼女は爽やかに答えた。

「いいえ、息子が食糧を探しに行ってるんです」

「でも、いつまでもこうしていたら危ないわ。一緒に逃げましょう」

「いいえ、息子はきっと戻って来ますから」

父が泰子にめくばせした。泰子もやっとその意味を悟った。老婆は息子に捨てられてそこにいるのだった。しかし彼女はそれを信じたくなかったのだし、そのためには彼女をそこで待たせておいてやるのが親切というものなのだった。

「生贄の島」

人にはいろいろな理由がある

ある時、婦人雑誌を読んでいたら、おもしろい投書にぶつかった。投書者は、匿名《とくめい》希望三十歳という女性である。

この頃の若い者は常識がない、と世間ではいうが、この方の体験では、まったく反対だという前書きがあってから、「この住宅に先日、二組引っ越してこられたのですが、若い夫婦のほうはきちんと物を持って、挨拶《あいさつ》にこられたにもかかわらず、五十代のもう一組のほうは、入居して一か月にもなるのに挨拶にもこられないので、いまだに名前もわからないありさまです。それに飼ってはいけない動物を飼っていたり……とても迷惑しています。

年齢にこだわらず、常識のある人と、ない人がいるということを知りました。常識ある人になりたいなと思った一日でした」

（中略）

この投書者は、言うだけ言って、嫌われることは避けようとする。そこが卑《ひ》怯《きょう》である。

この方の隣人は、常識から判断すれば、たぶん、非常識なのであろう。人間は誰一人として、まったく単独に生きることはできないので、引っ越した先の人々と仲良くするほうがいいに決まっているから、この非常識な隣人は人から好かれない人かもしれない。

しかし、だからといって、すべての人がかならずしも常識的に生きなければならない、ということもない。人間の生き方の最低を示した法律を犯してさえいなければ、まずいいとしなければならない。こっそり犬猫を飼うくらいのことは、別に法律違反だと言って騒ぎ立てるほどのことではない。その犬が通路にウンコを落としたり、鳴き声が煩《わずらわ》しかったりしたら注意すればいいが、とくに他人に迷惑を及ぼさない限りほっておくくらいのいい加減さが自分にない場合、むしろこちらの性格や生き方や健康に問題があると見たほうがいい、というのが、私の実感である。

規則というものは、ほんとうは自分に厳しく、人には甘く、という二重適用ができるくらいの含みがあるべきだと私は密かに思っている。もちろんそれができなくても、少しも悪人ではないけれど、心が成熟していず、温かみもない人が多いのが現実のように思う。さもなければ、体がどこか悪くて、すぐ人のすることには腹が立つのだろうと思うと、まず体を治してほしいと願ってしまう。

などと言うと「あなたは規則で禁止されている犬猫をこっそり飼うことがいいと言うんですか」と突っ込まれることは必定《ひつじょう》だから、そういう時は、「すみませんでした。あなたのおっしゃることは正しいです」と言ってしょんぼり謝ることにはしている。しかしそれは表向きのことだ。

人にはいろいろな理由がある。ただ外部の者は、その理由を知らないだけだ。

(中略)

一人の人、一つの事件の背後に、膨大で広大で屈折した人間的な理由があることを、理解することのできる人になることは、じつに大切なことのように思う。そのためには、表向きは常識を守りつつ、常識という名の下に行なわれる思考放棄には決然と抵抗して、すべてのことがらを根本から疑い、自分の視点で判断することを習慣づけねばならない。

「二十一世紀への手紙」

小山が鴉《からす》に語ったことは、いくら妻であり夫であっても、一人の人間が幸福だと信じているものを、もう一方が妨げてもいいものだろうか、ということであった。たとえそれが相手の錯覚だとわかっていてもであった。

「讃美する旅人」

同行者とは、常に陽気な空気を保っておかなければならない。相手がどんな人でもいっさい批判することはないのだ。その原則を守らないから、女同士の旅は友情の墓場、と言われるのだ。

「燃えさかる薪」

もう何十年も昔に、母が知人の子供のいない老夫婦のことを話したことがあった。

「Oさんのとこじゃ、この頃、ご夫婦がわざと別々に遊ぶようにしていらっしゃるんだって」

夫妻は母がよく尊敬の調子をこめて語っていた人たちであった。数年前に持ち家を処分して、鎌倉の方の老人ホームに入ったが、二人とも元気だったので、温泉旅行から梅見まで始終仲良く歩いているのが、自分は不幸な結婚をしたと信じこんでいた母には羨ましいようであった。

その夫婦がこの頃、外出はできるだけ別々にしているという。

「あそこは、今まで何をするにも夫婦いっしょだったけど、どうせどちらかが一人残るんだから、それぞれが一人遊びができなきゃいけない、ってご主人がおっしゃるんだって」

つまり意識的に夫婦が一人で遊ぶ練習を始めたというのである。初めは一人で喫茶店に入ることもぎこちなかったが、しだいに馴れて、知らない人とも口をきくようになった。ホームに帰ると、それぞれがその日に体験したことをお互いに報告する。それが人生を倍に生きていることだと思えるようにさえなった。

「近ごろ好きな言葉」

「不作法な者と長話をするな。

思慮の足りない者と共に歩むな」

「不作法な者」という言葉に対しては、私は「アフロノス」という言葉を当てた。「思慮の足りない者」という表現には「アシュネトス」という表現を用いた。どちらも、「ア」という否定の接頭語がついた単語だ。つまり祖父が言ったのは、分別のない人や良識に欠けている人と話をするのはやめろ。思慮の足りない男とは関わりを持つな、ということなのだ。もっとも祖父の考えによれば、たとえ生身の体は生きていても、愚か者は死人と同じ、というわけだ。祖父は、智者だけが人間として「生きている」と思っていた男なのである。

「アレキサンドリア」

誰も恨まないで死ぬために

「あなたの人生なんですもの。たとえそれが、道徳にも、礼儀にも反してたって、誰もそれを止めさせることはできないのよ。よく世の中の人が『そんなばかなことはよしなさい』って言うような言い方で、誰かの行動を規制するようなことするけど、あれなんか、ほんとに嫌い。愚かだろうと、賢かろうと、そんなことその人の人生じゃない。だから、私はあなたの選択をまったく批判する立場にないのよ。ただあなたが、フランスの田舎に引きこもって、人生の何年間かを生きてみたい、っていうのはよくわかった。自分だけを大切にしてね。誰にも妨げられずに生きてみたくなったとしたって、誰もあなたを非難できないわよ」

「ほんとうのこと言うと、私は亜季子さんがそんなふうに言ってくれるなんて考えてもみなかったんです」

照子は言って俯《うつむ》いた。

「私の周りの人は恐らく、私があの河合さんって人に騙《だま》されてる、とか言うに違いないんです。穂積さんが気の毒で面倒を見てあげたいと思った時だって、周りの人は言ったんです。『奥さんだって逃げだしたような手の掛かる病人を引き受けるつもりかい』って」

世間の噂話というものは、いつもこの程度にでたらめであった。亜季子が穂積と別れたのは、穂積が火傷《やけど》を負う前のことなのだ。

「私ね、このごろ思うんだけど、愚かさでも、執念でも、誠実でも、悪意でも、何でもいいから、できるだけ濃厚にやり遂げることなのね。そうすれば死ぬ時、納得がいくような気がする。はた目を気にして、自分のしたいことをしないでいると、死ぬ時、誰かを恨みそうな気がするの」

「そうですね。私も子供の頃の生活を恨んでました。だからそれを持ち越すと、一生陰惨な思いでいることになるでしょう？　私、それがいやだったんです。ですから、その場その場で一番したいと思うことをすることにしたんです」

「燃えさかる薪」

人の考え方や好みを簡単に裁くことはできない。

「七歳のパイロット」

自分の職業上、それが正しくないと思ったら、仕事も地位も捨てて筋を通すのが人の正当な生き方である。その結果、自分の父や夫が今までの肩書を失って、一生まったく思ってもみなかった境遇に甘んじようとも、私ならそれを誇りに思う。命を取ると言われたら、それは踏み絵だから、臆病な私は信仰を捨てて相手の言いなりになりそうな気もするが、出世ぐらいなら簡単に諦める。

「自分の顔、相手の顔」

「利己主義ってあんまり責めちゃいけないよ。人を責めてると、自分が立ち行かなくなるからね」

「寂しさの極みの地」

9

憎しみによって救われることもある

日本人の多くは、ほんとうに人を憎んだことがない。これほど自分の人間愛を立証することの好きな人たちは事実そうなのだろう。しかしほんとうに憎んだことのある人でなければ、ほんとうの愛の立地点もまた見出《みいだ》し得ない、とこの頃思うようになった。憎しみも薄く、愛も薄いなどという生き方を、私はどう評価していいのかわからないのである。「悪と不純の楽しさ」

もし相手が嘘つきなら、私はその嘘から人生を学ぶのです。もし相手が狭量な人なら、私たちは、その狭量さを自分の戒《いまし》めにできます。もし相手が残忍な人なら、私たちの本能がそれに健全に反応して、その残忍な結果に震え上がり、残忍さの姿を再認識させてくれます。そして私たちが、非常事態の中で我を失いそうになった時にも、最悪の状態では人間を失うことがなくて済むようにしてくれます。それを考えたら、私たちはすべての方に、自分を育てて頂いたことに対してお礼を申しあげる立場にいます。たとえいっとき、その人に恨みを持ったり、嫌《けん》悪《お》を感じたりしても、です。

「聖書の中の友情論」

人の心は、本気で他人を思い、責任を持ってその人と係わる時、必ず屈折した部分を持つようになる。そのほうがむしろほんものなのだ。

「神さま、それをお望みですか」

関心がなければ憎しみさえ抱かない

私は何度か父を瞬間的に殺そうと思ったことがある。母を救うためであった。それくらいなら、母と私がうちを捨てて逃げればいいのに、その時、どうしてそう思えなかったのだろう。しかし当時、子持ちの女が、すぐ職を見つけて働く場所などたやすく見つからない時代だったから、私たち親子は、父の所でしか生きる場がなかったのだろう。

今でも尊属殺人は刑法第二百条によって死刑または無期懲役である。それは一般の殺人が死刑または無期、もしくは三年以上の懲役、というのとはまったく別の取扱方《とりあつかいかた》である。

現代は少し気にくわないことがあると簡単に金属バットで親を殴り殺す時代だともいう。しかし私の実感で言うと親を殺すという発想自体が、すでに自然に背《そむ》いた異常な状態である。そしてまた、親や子、と言った切れない繋《つな》がりを持った関係でなければ、殺すほどの思いにはけっしてならないのである。私は今までに、その時以外に人を殺そうと思ったことなど一度もない。他人を殺す理由など、あるわけがない。他人はみんな一応の間隔を置いて、私に優しくしてくればかりであった。そして父に対してさえ、私が父から逃れるすべを知るようになった時には、まだ恐怖は残っていたが、父の幸福な生活を願う気持ちしか私の中にはなかった。

尊属殺人の刑が重すぎるという世論が起きたことがある。親を殺すということはほんとうにみじめなことだ。だからそれを救いたいという人がでるのである。しかし私は別の理由で反対であった。親を殺すなどということは、自分の一生を捨てる覚悟でやることだ。そしてそれは自分の死をもって詫びることなのである。十歳の頃から、私は自分が死刑になることと引換えに、母を自由にしたい、と願った（未成年の子供は親を殺しても死刑にはならないなどとは知らなかったし、考えることもできなかったのである）。親殺しをしたら、私は一生をめちゃくちゃにしてその罰を受けるべきであった。親を殺しておきながら情状酌量をしてもらって、余生を人並みに暮らそうなどということはあまりにも厚かましいことだったし、そんなことが許されたりしたら、それは現世の折り目正しさを乱すことだと思っていた。

家庭が休まる所だということは、結婚して初めて知ったのである。しかし私はそのためにぐれたりはしなかった。家庭が整っていないから、子供がだめになるというのはほんとうのようでいて嘘《うそ》である。私はたくさん「火宅《かたく》」に育った子供たちを知っているが、彼らは、多少ものの見方が私のように歪《ゆが》むことはあっても、それでぐれたりはしていない。

あらためて言っておきたいのだが、父はけっして、不道徳な人ではなかった。盗んだり、義理を欠いたりすることもなかった。酒飲みでもなく、賭博《とばく》もせず、女癖さえも悪くはなかった。それどころか、律儀で機嫌のいい時はじつに気さくにさえ見える人であった。

ただ父は人を許すということだけができなかった。だから私は聖書の中で、聖パウロが愛の定義の最初のものとして「愛は寛容なもの」と切り出す言葉を読むと、今でも心が震える。

父から私はどれほど多くのことを学んだか。私は母が父に叱られるのを防ぐためだけに、嘘をつくのも見て来た。私はそのことがあったので、嘘の効用を思うようになった。暴力を振るう人は、強いのではなく、弱い人なのだ、ということも知った。しかし何よりも大きな発見は、憎しみは愛と裏表の関係だ、ということであった。関心がない人に人間は愛はもちろん憎しみも抱かないのである。

影を濃く描くことによって、画家は、光りの強さを表わす。悪をはっきりと認識した時にのみ、私たちは、人間の極限までの可能性として偉大な善を考える。悪の陰影がないということは、同時に幼児性を意味している。私たちは、どれほどにも、成熟した人間にならなければならない。それには、清流の中にしか身をおかないのではなく、濁流に揉《も》まれることであり、自分の手はきれいだと思うことではなく、自分はいつも泥塗《どろまみ》れであると思うことであり、自分はいつも強いと自信を持つことではなく、自分の弱さを確認できる勇気を持つことである。

「二十一世紀への手紙」

人を労《いたわ》るということは、相手がいい人だから労るのではない。いい人でも悪い人でも労るのである。しかし「弱者は常に正しい」などというでたらめを容認していると、真実はどんどん遠のいてしまう。

弱者にも強者にも、質は違うが同じくらい善と悪がある、とどうしてさらりと言えないのだろう。

「ほくそ笑む人々」

誠実と不誠実の配分

神父さま、私はその旅行で、誠実も不誠実も共に意味があることを知りました。毎朝、眼の見える人と見えない人とのペアが発表され、その二人組が一日いっしょに行動するのですが、誠実な人は、パートナーのことを真剣に考えて緊張のし続けです。食事の時にステーキがでれば、誠実な人は、じつに小さく切って上げていらっしゃるのです。

しかし不誠実な人、たとえば私のように手抜きの名人は、誠実な人なら十二切れに切るステーキを八切れにしか切らないんです。なあに、食べ物なんてものは、口と手がありゃ何とか食べられる、と内心思っているもんですから、つい態度に出るのですね。

誠実な方のほうが、優しさがにじみ出ているのですから、いいに決まっています。けれど、それだけ尽くすと、人間は疲れてしまうことだってあるのです。ましてや旅の最中なんですから。その時が、不誠実タイプの出番です。何しろ真心こめて尽くしていないんですから、いつだってほとんど疲れていないのです。ほんとうに神さまは、おもしろい配分をなさいますね。というかすべての才能を、時と場合に応じてお使いになります。私が旅に出てすぐ、この巡礼団は、さまざまな楽器によってなり立っているひとつのオーケストラのようなものだ、と感じたのは、その辺にも理由があるでしょう。「湯布院の月」

向井作太郎さんと有馬友武さんの友情は、今度も傷つけられることはなかったのよ。

有馬さんは昔からしているのと同じように、それとなくひたすら、向井さんに気を遣《つか》っている。しかも自分が気にしていることを気づかせないように、気を遣ってるの。ああいう屈折した芸当は猫にはできないわね。だけど、有馬さんが一言、友達に笑いに紛らせて言ってたことがあるのよ。「憎んで許さない、って言ってもらえれば、私のほうもむしろ気が楽になるんです。気にしていない、って言われるほうがずっと辛いですから」私、思うんですけど、世の中の人が、自分や家族を傷つけた犯人を許さない、って言うのは、犯人にとってむしろ救いなのねえ。そのほうがずっと楽になるのよ。憎まれない、という時、むしろその苦しみは長く続くんだわ。

「飼猫ボタ子の生活と意見」

人間は辛いことがあっても、楽しいことがあれば、みごとに心を切り換えて生きて行くことができる。付き合いの世界が拡がれば、特定の人の「毒」を強く感じずに済む。自分の運命を客観的に見ることもできるようになるし、自分を傷《いた》めつける人に対しても自然に寛容になる。

「神さま、それをお望みですか」

夫を亡くした友人は、客観的なおもしろい人で、夫が生きているうちは「あんな酔っぱらい」などと言っていたが、死後「一つだけ彼がいなくなって困ると思うことは、心を許して喋れる相手が身の廻りにいなくなったことね」と言った。人間は、決定的に相手を悪いと思っているわけではなくても、時々誰かのことを悪しざまに言ってしまうこともある。夫婦なら、それを聞き流し、けっして告げ口をしたりしない。

「自分の顔、相手の顔」

さて、テティスとペレウスの結婚式は神々に祝福された盛大なものとなった。その宴席にはオリュンポスのすべての神々が招待され、皆思い思いに贈物を携《たずさ》えて参列した。

唯一の例外として、諍《いさか》いの女神エリスだけは招かれなかった。祝いの席だから当然といえば当然なのだが、当のエリスは気を悪くしていた。そして腹癒《い》せに、お得意の諍いの種を神々の間に播《ま》いてやることにした。人間には誰でも、嫌な人は避ける、という姿勢があるが、そうするとかえって嫌な人から、大きな被害を受ける、という結果になる。「ギリシア人の愛と死」

真実を告げるのに臆病であってはならない

私たちは、二度とない人生で、ある人が直面すべき重大なことについて避けて触れないというのは、誠実ではないのだろう、ということを知るのです。

友人はその人に真実を告げるのに、臆病《おくびょう》であってはなりません。それがほんとうの誠実というものです。この手の厳しさに対しては、日本人はほとんど評価しないようです。

もちろん、その原則を何が何でもすぐそのまま、何の配慮もなく貫《つらぬ》いていいということではありません。私は死病にかかった場合、友からそのことを言ってほしい、と願っています。しかし、最後まで騙《だま》してほしい、という方もいらっしゃる。その望みはかなえてあげるべきです。

しかし、基本としては、真実を告げない誠実や友情がどこにありましょう。友人同士というものは、ただ体裁よく社交的な話をするものだ、というのは、根本的にまちがっているのです。もちろん、そのような厳しさを示された時、私たちは苦しみもし、動転します。しかし人生は、ほんとうはそれほど厳しいものなのです。ですから、私たちは自分にとって苦しい人生を見せつけられた時にも、感謝ができなければならない。それがほんとうは友情の基本でしょう。

「聖書の中の友情論」

人間は本質的に、平和と同時に喧嘩も好きなのだ。だから、人間は誰でも平和だけが好きだというまちがった認識の上に立ってものごとを話すと、議論が上滑りする。

「地球の片隅の物語」

むしろ教えなければならないのは、知らない人やわからない事の成り行きを疑う能力であろう。私は今までに、ずいぶん世界の変わった国々を旅行してきた。そのせいかもしれないが、疑う能力は人より開発された。そんな能力を開発されて、どういいことがあるか、という人もいるが、私はほんとうによかったと思っている。そのおかげで、私は少し危機管理の能力を身につけたのである。

外国に出れば、隣に坐った男は、泥棒だと思っているから、私はいつも自分の足に鞄《かばん》の一部が触れるようにして坐っている。あまり風紀のよくない人込みに出る時は、アクセサリーもはずすか、服の中に入れてしまう。両替の男はその国流の「ときそば」をやってお札の枚数を誤魔化《ごまか》すに違いないから、怪しげな所では、どんなに得になるだろうと思われても金を替えない。タクシーの運転手は、もしかすると変な人かもしれないから、外国で一人で乗る時はいつもライターを持っている。車に火をつけて止めさせるためである。もっともまだこんなブッソウなことは一度もしたことはない。

ホテルの部屋に開けっ放しで鞄をおいておいたり、現金やパスポートを残して来るなどということは「さあ、お盗みください」と言っているのと同じである。日本では盗むほうが悪いが、外国では盗まれるほうが悪いのである。

「二十一世紀への手紙」

一人の人を傷つけるくらいの強さがないと、一人の人の心も救えない。

（大阪新聞連載コラム 98.9.2「自分の顔　相手の顔」）

10

人は誰の本心も本当はわからない

心の中だけでは親しい人でも、馴れ馴れしくせず、世間に関係を言いふらさず、それとなくお邪魔にならないような遠くから、その人のことを誠実に考えている、という関係は、性別、身分を越えて、今でもあるように思う。

親しく付き合っている人とさえ、部分的には遠くに身を引き、いつもその人のことはよく知らない、と他人に言える慎ましい関係が私は好きだ。

「悲しくて明るい場所」

他人のプライバシーは「知らない」で通す

友達があちこちで死ぬようになったら、私は深く悲しまないようにしようと、今から心に決めている。もちろんこちらが先かもしれないのだから、むしろ心配はこっけいでもある。ただもしこちらが後に残ってしまったら、友については、あまり語らず、ただ自分の思い出の中だけにその人のことを留めておくことにするだろう。反対の場合も、私は同じことを相手に望むからである。

「近ごろ好きな言葉」

人は自分を語るほど快いことはない、と言う。それを利用した作家という仕事は、それなら、もっともいい気な職業であろう。もっとも作家はその快感と引き換えに、必ず一つの犠牲を要請されているはずである。それは、自分の見せたくない面を晒《さら》すという行為である。もちろんそれなしでも、偽作家は勤まる。しかしそれではどんな読者もすぐにあきあきするだろう。

人間は他人を語ってはいけない。それは無責任なものなら「噂話《うわさばなし》」となり、やや慎重なものなら「伝記」になり「追悼記」「思い出の記」になる。しかし私はこのどれも、信じていない。人は共に生活したことのない他人の心の内などを正確に書けるわけがない。だから、私は追悼や思い出の文章を書くことに恐怖に近いものを覚えている。私はそのような非礼を犯すことができない。

するとその人は中の一枚を取り上げて、

「これはいい写真ですね。ほんとうに幸せそうな顔をしている……」

と言ってくれた。私はあらためてその写真を見た。その人の言うとおりであった。しかしそれは自分の写真だったから、私はその写真を撮られた背景も思い出してしまったのである。その写真を撮られた時、私は非常に悲しいことのあった直後だった。私は家族旅行の予定をぶち壊したくなかったので、元気を出してそのままでかけたのだが、心の中では「こういう辛いことがあると、死ぬ時、死に易《やす》いだろうな」と思ったほどの傷をまだ生々しく心に抱えていた。しかし何も知らない人は、私がほんとうにその時、曇りない幸福に包まれている、と信じたのである。

それはたぶん、私が嘘つきで見栄っぱりだから、という解釈もできる。しかし何にせよ、人は誰の本心もほんとうにはわからないのである。だから人のことは書かないに限る。

「流行としての世紀末」

「ベルギーで何があったの？」

「サリドマイド児を殺したお母さんがいたんだって。夫、妹、お医者も、共犯の疑いで起訴されていたんだけど、その人たちも無罪になったってよ。だけど、どうなんだろうねえ、公判を聞こうとして法廷前に集まってた数千人の人が『おめでとう』を叫んで、警官隊や憲兵までが出動する騒ぎになった、って書いてあるよ」

「ふうん。でも何だか……」

「おかしいね。人の命を絶っておいておめでとうはないね」

お母さんははっきりと言った。

「こういう時、どうしたらいいんだろう」

「思い余って殺したんだろうから、無罪になってよかったとは思うけど、その時は静かに黙って引き上げるのがいいね」

「そうだね、黙ってね。お母さんって、何かあっても黙ってるっていうのが割と好きじゃないの？」

「そう」

「よく黙って、って言うもんね」

「弁解するの好きじゃないからよ」

「言い訳が嫌いなんだね」

「ううん、そんな立派な心じゃない。説明しても、人にはわかりっこないって最初っから諦めてるの」

「冷たいの？　人に対して」

「そう。わかってもらおうと思ってないんだろうね。悪い性格だわ」

お母さんは自分で自分がおかしくなったらしかった。

「どうしてわかってもらわなくて平気なの？」

「別にはっきりとした神さまや仏さまがいるわけじゃないのよ、お母さんの心の中に……。だけど、なんだか、どこかで人間の心を全部見ていらっしゃる方があるような気がしてるのね。本当に怖いのは、その方だけだ、という気がするの。後はどうでもいいよ。人は他人のことを勝手に決めつけるけど、本当は、まったくわかっちゃいないんだから」

「わかってもらえないのは辛いよ」

「だけど、最初からそんなものだ、と思っていれば、楽なこともあるよ」

口に出しては言わなかったが、光子は、お母さんの言うことを一言一言覚えておこうと思っていた。いつか、お母さんの言葉が、決定的に自分を救うことがあるような予感がしてしまうのである。

「極北の光」


こうしたパソコン通信の一番初歩的な効果は、第一に情報を手軽にたくさん得られること、第二にはホームページというもので、自分の生活（存在）を知らせたい、人の生活や仕事を覗きたいということが満足させられるという説明である。

この気持ちはよくわかるけれど、私など自分の生活などひた隠しにしておきたい。自分が何をしているかなど、作品として発表するもの以外は、ベールに包んでおきたいのである。実際はベールに包むほどのことは何もなく、平凡も平凡、暇さえあれば、ヒルネ、オフロをこのうえなく愛しているだけのことなのだが、それだけになお黙っていたい。

と同時に人のこともたいして知りたいとは思わない。いや正確に言うと、私にとっておもしろいのは人だけだと言ってもいいほどなのだが——そして事実私は信じられないほど多くの人と魂に触れた密かな会話をすることを許されてきたのだが——インターネットのホームページに書かれている程度の覗き見ではあまりおもしろくない。

現代人の一つの情熱は、自分のことを人に語りたい、人のことを知りたい、ということらしい。しかし私の作家的な体験によると、人間は、ほんとうのことは、よほど性格の変わった人でない限り、静かな密やかな場所で自分の好きな人にしか語らないものである。人はそうそう簡単に他人の魂に立ち入ることは不可能だし、許されるものでもないのだ。

「自分の顔、相手の顔」

人になりかわって何かを言わないというルール

多くの場合、人は書かれて迷惑する。中には悪口でもいいから書いてもらいたい、という人も世間にはいるのだそうだが、それは例外ではないだろうか。私たちマスコミの世界にいる者は、人のことを簡単には書かないという礼儀を守ることで、最低限、自分の職業の尊厳を保つべきだ、と私は考えている。自分の恥はいくら書いてもかまわない。しかしたとえ子供でも「他者」をそれに巻き込んでいいということではないのである。

よく「褒めて書いているんだから、いいじゃないの」という人がいるが、よく書いていると思うのは、書き手から見てそう思うだけのことであって、相手は褒められた内容がとんちんかんだったり、今さらそんなことを人に知られる必要はない、と感じて迷惑しているかもしれないのである。

人のことを簡単によくわかっていると思って、気楽に喋ったり、書いたりする人には、それならばどうしたらいいかというと、私はそういう人からはそれとなく遠のくようにしたのである。喧嘩するほどのことでもない。人は五メートル以内に近づかなければ、たいていの他人に被害も与えず被害も被《こうむ》らなくて済む。

「悲しくて明るい場所」

人に深く係わるということは、世界では誠実の証《あかし》のように思われているが、香葉子はそう信じてもいなかった。人はけっして他人について、心理も真理も理解しない。生わかりでその人の心を推し量るということほど危険なことはない。人事一つにしても、細かい事情などわかったら、逆に思い切ってやれないものだろうと思う。

「寂しさの極みの地」

その人にとっての真実

シンガポールの新聞が爽やかに思えるのは、悪い人の話だけでなく、いいことをしている人、健気《けなげ》な心根の人、の話も日本よりはるかに多く載せるからだ。私たちは確かに人の悪口が好きだ。しかし褒める気持ちにもなりたい。悪口さえ書けば印刷物が売れると思うのは、少し誤りなのではないか、と思う。

「七歳のパイロット」

夫婦というものは、時々当然相手がわかっているはずの、ある基本的なことを誤解したままいることが多いそうです。

それをおっしゃったのは、ある奥さんなのですが、定年退職後のご主人が、まったく家事がおできにならないので、手を焼いていた方なのです。奥さんは活発でお友達も多い方で、よくお芝居を見にいらっしゃったりするのですが、ご主人は奥さんが外出すると聞いただけでもうパニックに陥っている。行ってはいけないとはおっしゃらないらしいのですが、「僕の夕飯はどうするの?」とお聞きになる。奥さんにしたら、作ってテーブルの上において行くようにしているのだけれど、内心では、こんな日くらいインスタントラーメンでも作るか、近くへ食べに行ってくれたらいいのに、と思っていらっしゃる。

それほど奥さんがいなくては手も足も出ないご主人が、それでもなぜか、必ず奥さんより後に死ぬことに決めているんだそうです。そこのお宅だってご主人のほうが三歳年長なのだし、平均寿命だって女のほうが長いのだから、もしかすると、ご主人のほうこそ五、六年先に死ぬ可能性があるんですね。それにもかかわらず、自分が生き残るつもりなのがおかしくて、奥さんのほうも、

「私もあなたより先に行きたいわ」

と口裏を合わせていらっしゃると、ご主人は満足そうに、
「それはいいかもしれないね」
とおっしゃっていたようですが、奥さんのお話では、「先に行きます」ということは、つまり小さな復讐なのだそうです。生活無能力者のご主人に対して「後でどうなるか、一人で生きてごらんなさい」ということらしいのです。

「ブリューゲルの家族」

彼が見た人生を、尊重してやれよ。それが彼にとっての真実だったんだ。どんな見方をしていても非難しちゃいけない。

「寂しさの極みの地」

11

愛から離れた親にならないために

私は小さい時から、裁縫以外のすべての家事ができるようにしつけられた。

（中略）

母が私に簡単な銀行の業務まで小学校のうちに教え込んだのは、私が一人娘だったからである。母は私がいつ親と死に別れても、何とか生きられるように、一刻も早くしておこう、と考えていたようである。

「自分の顔、相手の顔」

これらの子供たちは、同じ教室で同じ教科を学ぶが、歓迎の踊りは部族ごとに違う。ゆっくりしたのも、ほとんどしゃがんだままで足を激しく動かす中央アジア風のものもある。それだけ彼らは部族としてのアイデンティティーを保っている。とすれば学校の中でも差別やいじめがないとは思えないが、それでもプリミティブな人々は、日本人と違って「人は皆平等だ」などという幻想に毒されていないから、自殺もせずに差別や憎悪や蔑視の中でも逞《たくま》しく生きて行く。

「神さま、それをお望みですか」

力がなくて抵抗しないのと、力があって闘えばいつでも勝つから闘わないのとは、大きな違いである。しかし親たちはその点をほとんど考慮に入れない。そしてとにかく闘わない子供が平和主義者だと考えるのである。

心身共に力のあることは、昔から常にいいことであった。なぜならば、戦いを避けることもまた、力がなくてはできないことだからである。

「二十一世紀への手紙」

子供に要求されると、専用の部屋、空調設備、携帯電話、トレンディーな小物など、何一つ買うことを拒否することのできない親たちこそ最低の親なのである。英国には今でも子供に困苦に耐えさせる伝統はあるそうだ。

（大阪新聞連載コラム 98.2.25「自分の顔　相手の顔」）

不幸を知らなければ幸福もわからない

最近の学校では、希望はしきりに教えるけれど、運命の限界は教えない。昔は運命の限界なんか毎日の生活の中でいくらでも見られた。家庭には老いて死んでいく祖父母がいたし、結核のような死病といわれた病や、今日食べるもののない貧困などを、救ってくれる組織もなかった。しかし今では、社会に救済の制度ができているから、病気が放置されることも飢え死にすることもなく、人の生涯の基本的な姿はいよいよわからなくなる。

運命や絶望を見据えないと、希望というものの本質も輝きもわからないのである。現代人が満ち足りていながら、生気を失い、弱々しくなっているのは、たぶん、絶望や不幸の認識と勉強が徹底的に足りないからだろう。

「自分の顔、相手の顔」

その毒は時間をかければ、自然に薄めることはできるだろう。誰を許しやすいといったって、子供を許すことほど簡単なことはない。しかしそれと裏腹に、子供から受ける残酷な仕打ちほど、濃い毒となって体中に廻るものもない。

「寂しさの極みの地」

私は登校拒否には、昔から一つの「偏見」を持っていた。登校拒否は優秀な感受性の強い子が示す徴候であり、その親は必ず温和な性格である。そしてたとえどんな深刻な問題があろうと、親と子は別れて生活をすれば必ず治る、という素人の信念でもあった。私はそれを今まで、少なくとも二人の子供で体験した。寄宿学校に入って親と別に暮らし始めた途端、二人とも頑《かたく》なな心は融け始め、それぞれ独立心の強い、客観性もある、頼もしい青年に成長した。何も心配することはないのである。

この人の息子もそうだった。彼は信州のある学校に入り、元気になった。

「他人さまのご飯をいただき、精神的に成長したようです。息子の件が片づきましてから、私も手話を習い、身障の方々へのお手伝いができれば、と頑張っております。神に生かされている喜びを知れば、五体満足の私にはもったいないほどの日々でございます。

息子によって知らされた心の痛みで、私は自分の使命に目覚めたようです。それは大げさな事ではなく、『ささやかな思いやり』というようなことでした」

この人はささやかな思いやりを送ったと言っている。「ささやかな」という言葉も私の大好きな表現だった。私を含めてほとんどの人は、「ささやかな人生」を生きる。その凡庸さの偉大な意味を見つけられるかどうかが芸術でもあり、人生を成功させられるかどうかの分かれ目なのだ。

「神さま、それをお望みですか」

死を前にした時だけ、私たちは、この世で、何がほんとうに必要かを知る。私たちは日常、さまざまなものを際限なくほしがっているが、もし明日の朝には世界中の人類が死滅する、ということになった時には、誰もがいっせいに、今まで必要と信じ切っていたものの九十九パーセントが、もはや不必要になることを知るのである。お金、地位、名誉、そしてあらゆる品物。すべて人間の最後の日には、何の意味も持たなくなる。

最後の日にもあったほうがいいのは「最後の晩餐用《ばんさん》」の食べ馴《な》れた慎ましい食事と、心を優しく感謝に満ちたものにしてくれるのに効果があると思われる、好きなお酒とかコーヒー、あるいは花や音楽くらいなものだろう。それ以外の存在はすべていらなくなる。

その最後の瞬間に私たちの誰もにとって必要なものは、愛だけなのである。愛されたという記憶と愛したという実感との両方が必要だ。

一人の老女の葬式に立ち会ったことがある。悪い人ではなかったのだが、小心で自分の保身しか考えたことのない人であった。金銭も物も労力も、もらうことばかり考えていて、彼女は与えることをほとんど知らなかった。つまり彼女は、出入りの商人からもらった宣伝用の安タオルが何本溜《た》まろうと、それすら老人ホームで世話になる人に「お使いなさい」とは言わない人だった。新しいタオルは黄ばんだまま何本も彼女の遺品の中に残されていた。それ以上に彼女が人に与えなかったのは感謝であった。彼女の会話といえば、不満を訴えることだけだった。

出棺の時、その人の娘が、泣きながら棺に取りすがって切れぎれに言った。
「お母さん、今度生まれ変わる時は、人に尽くせる人になって、もっと楽しく暮らすのよ」

それは悲痛な叫びであった。しかし私は、この老女も娘に一つの教えを残して行ったような気がしてならなかった。つまり愛すること、尽くすこと、与えることこそ幸福の実感なのだ、ということであった。こういう親の例がなければ、賢い娘でも、これほどはっきり認識しなかったのではないかと思えたのである。

「二十一世紀への手紙」

親の手助けはもっと積極的に当てにしてもいいと思う。しかし新しい時代のやり方としては、私は親のおかげで得られる収入のうちのいくらかを、子供を見ていてもらうお礼としてはっきりと親に差し出す制度を取ったほうがいいような気がしている。もちろん親がしてくれることは、とてもお金には換算できない。好意は好意なのである。しかし、親の働きに金銭的にも報いれば、そのお金で、親も気楽に友達と温泉にも行ける。新しいハンドバッグを買って、若返った気分にもなれる。

「悲しくて明るい場所」

親というものはいつも子供を天才と思う愚かさを許されるものですから。

「讃美する旅人」

人間は寛大という徳を持つだけで偉大である。しかしそれらすべての徳の存在は、家族が話し合うから確かめられるのだと、私は思っている。

「自分の顔、相手の顔」

親だからといって押しつけてはならない

親子の間の会話くらい大切なものはない。

言葉によってだけ、私たちは相手が自分を愛していることを確かめられるのである、もちろん事情があって離れればなれに暮らさなければならない親が送ってくれたささやかな品物から、親の自分に対する愛を確かめた、という子供もないではないだろう。しかし多くの場合、私たちが感情の証《あかし》として記憶するのは、相手の言葉なのである。

日本の家庭では、会話に関するしつけが少なすぎるように思う。一般に女の子はおしゃべりが多すぎ、男の子は会話に参加する訓練がまったくなおざりにされている。

それというのも、原因は父にある場合が多い。一家の父で家庭内では身勝手な沈黙を守っている人はあちこちにいる。今までの日本では「度の過ぎた沈黙は美徳ではない」などという人はいなかった。しかし家ではしゃべりたくないから黙っているという夫たちの行為は、妻には死ぬほどの退屈、子供には不安定な感情を与えるものとしてもっと糾弾されてもいいと私は思っている。

食事は、家庭内での一種の社会的行為だから、たとえ今日はあまりしゃべりたくないと思っても、ある程度は、がまんしてしゃべらなければならないものなのである。

子供は一定の年になれば、当然親には秘密の生活を持つようになる。もし相談したいことがあれば、親にではなく、先輩や友達にすることを考える。だから親としゃべるなどということはうっとうしいことに違いないのだが、そのような現実を超えて、食卓を共にする人々は、誰でも常に、いくらかはしゃべる義務がある。つまり親だから子供だからといって、自分がしたくないことはしない、という身勝手を通してはいけないのである。

「二十一世紀への手紙」

息子は息子、親は親だ、親が偉くても、息子が出世しても、それはお互いに無関係である。

快いのは、自分を失わないことだ、出自を冷静に覚えていることだ。そして自分を失いさえしなければ、その人はどんな偉大な親や子の傍でも輝いている。

「流行としての世紀末」

国連平和協力隊を出すか出さないかという審議の最中に、女性議員の一人が、総理と防衛庁長官に向かって「あなたは、息子さんが行くと言ったら、戦争に出しますか」という意味の質問をした、という話を聞いた。こういう質問は、神と人間との間に、苦しみに満ちて交わされるきわめて個人的なそして侵すべからざる神聖さを秘めた思いを重大視する社会では、とうていできない失礼なものだと思うが、私だったら別に少しも答えに困らないだろうと思う。

私も自分から息子に行けとはけっして言わないだろう。息子はまず自分で深く考え、それから誰よりも真先に妻と相談するだろう。その結果を遠くにいる私たち親は、たとえその結論がどんなものであっても、受け入れるだけだ。それが私の思いにどんなに反するものでも、息子が選んだものなら受け入れる他はない。

息子がまだ大学生だった時、私は彼がボルネオの奥地に入ることを許さなければならなかった。カヌーで何時間も川を遡《さかのぼ》る、もちろん電話も電報も届かない土地である。友達はそういう私に対して「一人っ子を、よくそんな危険な土地に出すわね」と言った。しかし彼が、それほどにしたい、ということを私は止めることができなかった。

ベトナム戦争についても息子と私はそのことについて語り合った。彼は真剣に、戦いに行くアメリカ兵に自分を置き換えて考えていた。選択というものが、常に迷い、苦渋し、理性の間を彷徨《ほうこう》しながら、どこかで愛に結びつかなければ、自分に生の実感を与えないものであることを彼は知る年になっていた。一人一人の選択の理由もその論理の筋もとほうもなく違うものである。その結果一人の男でも女でも選んだことを、いかなる親も軽々しく変えさせることはできない、と私は思ったのである。

「狸の幸福」

ずっと昔、家庭では会話が大切で、食事の時テレビを消すだけでも子供と自然な関係が保たれるんじゃないでしょうか、と言ったら、子供とはどういう話をしたらいいでしょうか、と質問された。

こんな質問を受けるとは思ってもいなかった。家族の話なんて、昔からずっとくだらないことに決まっている。どういう話、などと言われても困る。質問した人は、教育的であるには特別の話題を作って話さなければならないと思っているらしいが、家庭の会話なんてばかばかしいから心が休まるのである。

（中略）

父親と母親が自慢話をすると、子供は聞いていないでよそごとを考えている。父親がどんなに秀才だと言っても、母親が自分は昔どんなに美人だったと言っても、まあそこそこだということを子供は知っているからである。

しかし父と母の失敗談には眼を輝かせる。人間性を感じるからである。「私はそうはならない」と思うか「私のほうがずっとましだ」と思うか、とにかく失敗した話は反面教師的な意味で子供を伸ばす力になる。やはり、くだらない家庭の会話は大切なのである。（大阪新聞連載コラム 98.3.24「自分の顔 相手の顔」）

誰がその人に教育を行なうか、ということはたいへん興味ある問題である。なぜなら、世間には教育の責任を転嫁する話題のみ溢《あふ》れていて、それはあまり教育的でない、と思うからである。教師が悪い、教科書が悪い、教育環境が悪い、親が悪い、と悪いものの話題にはこと欠かない。しかし教育の責任者の第一は、自分である。少なくとも、小学校五、六年くらい以降は教育の責任のほとんどは自分にある、と言わねばならない。

もちろん他の要素もないわけではない。親にもかなり責任はある。何しろ親は毎日一緒に暮らしていて、その人間性のすべてを子供に見せているのである。それよりはるかに少ない程度でなら教師にも責任はある。社会にもある。しかし人間にとって、自分の教師は自分なのである。

もっと幼い子供の場合はどうだろう。

責任のほとんどは教師ではなくて、親にある。教科書がよくないと思えば、親はその間違いをじっくりと教えればいい。誰もそのことを妨《さまた》げる人は一人もいないのだから。生きる上で待ち構えている危険の防ぎ方、敬語の遣《つか》い方、道具を使う技術、など、こうしたものを教えて来たのは、古来親である。教師は親の半分くらいの程度でなら責任はあるだろう。そして教師と同じくらいの軽さでなら、社会にも責任はある。

文部省、学校、なども大切なものではあるが、けっして決定的な影響を個人に与える責任を有するものではない。

それ故《ゆえ》、それらのもののために自分がよく教育されなかったというのは言い訳である。国家や社会が極度に貧困であり、個人がただ生きることさえ、時と場合によっては不可能だというような時には、弱い個人が自分を失うことの責めを一身に負うこともむずかしいかもしれない。あるいは時の為政者が強力に個人の思想を統一し、自由な選択を許さない場合、人間は自分の力で自分を伸ばすことは不可能になる。しかし少なくとも二十世紀後半の日本に於《お》いては、私たちが自分を教育することを妨げられたという言い訳を一般的に発見することはできない。

言葉を換えて言えば、教育は誰に任せてもいけない。それは自分、あるいはみずからの家庭がその責任において最終的に行なうものである。そして社会がどのような価値観を植えつけようとも、温かく周囲を受け入れつつ、しかし断固として己《おのれ》を保つことも、現在程度の自由の中にあっては、誰にとっても不可能ということはできない。

「二十一世紀への手紙」

家庭でしか教えることのできない二つのこと

今の親や先輩や教師は、いったい何をやって来たのだろう。彼らは子供からよく思われることだけを念願して、鍛えもせず、怒りもしなかった。それはあたかも求愛する人と似ていた。

とにかくその人に悪く思われなければいい、という姿勢で尻尾《しっぽ》をふってごきげんをとる。すると相手はますますいい気になる。おもしろいことに、いい気になると人間は要求が大きくなり、自制心を失うから、不機嫌になる。

現代は、親子が近親相姦《そうかん》のように不健全になりかけている。子供の人気を得るために、親はほとんど子供に逆らわない。親は子供に求愛し続けるのである。子供に悪く思われないためなら、どんな要求でものむ。

毅然《きぜん》として、嫌われても何しても、取るべき態度を取る、という姿勢は、政治にも家庭にも少なくなった。それがじつは、愛から離れ、憎悪の道を辿《たど》るものだということは、明らかなのに、である。

(中略)

家庭でしか教えることのできないものは差し当たり二つある。

一つは敬語である。

敬語は他人に対する基本的な姿勢と密接な関係にある。敬語は語学技術の成果ではない。私たちが人に深い尊敬や感謝を根底において持っていれば、私たちの態度の中には、自然に相手を大切に思う気持ちが滲《にじ》み出る。それが敬語である。

(中略)

家庭でしかできない教育のもう一つは、どのような人間に理想を見出《みいだ》すか、という基本理念である。

私は幼稚園からカトリック系の学校に入れられたのだが、そのことについて母がある時、

「どんな人の前に出ても礼儀を失ったり、すくんだりすることのない人になるように」

と言っていたのを記憶している。

現世の富や権力に弱いと、そういう人の前に出た時、上がったり、震えたり、顔がこわばったりする。しかしほんとうは礼儀を失わないようにしながら、ごく自然でなければいけない。それには、どのような人間をも超える神の存在が意識にないと、人間は「偉い人」をやたらに崇《あが》めたり、その人に取り入ったりしたくなる。

反対の危険性もある。偉い人という観念があると、反対に見下げていい人が出て来る。職業とか、服装とか、学歴とかで、相手を見下したり、横柄な態度を取ったりするのである。

「二十一世紀への手紙」

すべてのことは、それに関わる人たちが「痛み分け」をする他はないのだ。双方が少しずつ重荷を分け合うのである。分け持つ部分は親が多くていい。しかしどちらも背負っているという自覚が救いになる。

「寂しさの極みの地」

出典著作一覧（順不同）

【小説・フィクション】
寂しさの極みの地（中央公論新社）
燃えさかる薪（中公文庫）
讃美する旅人（新潮文庫）
極北の光（新潮社）
アレキサンドリア（文藝春秋）
ブリューゲルの家族（光文社）
夢に殉ず（上）（朝日新聞社）
夢に殉ず（下）（朝日新聞社）
飼猫ボタ子の生活と意見（河出書房新社）

【エッセイ・ノンフィクション】
自分の顔、相手の顔（講談社）
七歳のパイロット（ＰＨＰ研究所）
近ごろ好きな言葉（新潮社）

出典著作一覧

悲しくて明るい場所（光文社文庫）
湯布院の月（坂谷豊光神父との往復書簡／毎日新聞社）
地球の片隅の物語（ＰＨＰ研究所）
狸の幸福（新潮文庫）
ほくそ笑む人々（小学館）
神さま、それをお望みですか（文藝春秋）
聖書の中の友情論（新潮文庫）
悪と不純の楽しさ（ＰＨＰ文庫）
二十一世紀への手紙（集英社文庫）
ギリシア人の愛と死（田名部昭氏との共著／講談社文庫）
流行としての世紀末（小学館）
生贄の島（文春文庫）

【新聞、雑誌】
大阪新聞「自分の顔 相手の顔」（他、産経新聞、北国新聞）
週刊ポスト「昼寝するお化け」
Ｖｏｉｃｅ「地球の片隅の物語」
新潮45「夜明けの新聞の匂い」

本書は、一九九九年二月、小社より単行本・『敬友録「いい人」をやめると楽になる』として発行された作品を文庫化したものです。

装幀　大竹左紀斗
カバー版画　ツツミエミコ

一〇〇字書評

切り取り線

購買動機（新聞、雑誌名を記入するか、あるいは○をつけてください）	
□（　　　　）の広告を見て	
□（　　　　）の書評を見て	
□ 知人のすすめで	□ タイトルに惹かれて
□ カバーがよかったから	□ 内容が面白そうだから
□ 好きな作家だから	□ 好きな分野の本だから

●最近、最も感銘を受けた作品名をお書きください

●あなたのお好きな作家名をお書きください

●その他、ご要望がありましたらお書きください

住所	〒				
氏名		職業		年齢	
新刊情報等のパソコンメール配信を 希望する・しない	Eメール	※携帯には配信できません			

あなたにお願い

この本の感想を、編集部までお寄せいただけたらありがたく存じます。今後の企画の参考にさせていただきます。Eメールでも結構です。

いただいた「一〇〇字書評」は、新聞・雑誌等に紹介させていただくことがあります。その場合はお礼として特製図書カードを差し上げます。

前ページの原稿用紙に書評をお書きの上、切り取り、左記までお送り下さい。宛先の住所は不要です。

なお、ご記入いただいたお名前、ご住所等は、書評紹介の事前了解、謝礼のお届けのためだけに利用し、そのほかの目的のために利用することはありません。

〒一〇一-八七〇一
祥伝社黄金文庫編集長　吉田浩行
☎〇三（三二六五）二〇八四
ohgon@shodensha.co.jp

祥伝社ホームページの「ブックレビュー」からも、書けるようになりました。
http://www.shodensha.co.jp/bookreview/

祥伝社黄金文庫

敬友録《けいゆうろく》　「いい人《ひと》」をやめると楽《らく》になる

平成14年9月10日　初版第1刷発行
平成30年5月25日　　　第71刷発行

著　者　曽《そ》野《の》綾《あや》子《こ》
発行者　辻　浩明
発行所　祥伝社《しょうでんしゃ》
〒101－8701
東京都千代田区神田神保町3－3
電話　03（3265）2084（編集部）
電話　03（3265）2081（販売部）
電話　03（3265）3622（業務部）
http://www.shodensha.co.jp/

印刷所　萩原印刷
製本所　ナショナル製本

Printed in Japan　© 2002, Ayako Sono　ISBN978-4-396-31300-5 C0195